# 何日归家洗客袍

景琦 著
智明 摄影

作家出版社

**图书在版编目（CIP）数据**

何日归家洗客袍 / 景琦著. -- 北京：作家出版社，2024. 3

ISBN 978-7-5212-2750-5

Ⅰ. ①何… Ⅱ. ①景… Ⅲ. ①散文集 - 中国 - 当代 Ⅳ. ①I267

中国国家版本馆CIP数据核字（2024）第054235号

**何日归家洗客袍**

**作　　者**：景　琦
**摄　　影**：智　明
**责任编辑**：韩　星
**内文制作**：苗　苗
**封面设计**：刘红刚
**出版发行**：作家出版社有限公司
**社　　址**：北京农展馆南里10号　　**邮　　编**：100125
**电话传真**：86-10-65067186（发行中心及邮购部）
86-10-65004079（总编室）
**E-mail:zuojia@zuojia.net.cn**
**http://www.zuojiachubanshe.com**
**印　　刷**：北京华联印刷有限公司
**成品尺寸**：165×240
**字　　数**：200千
**印　　张**：16.25
**版　　次**：2024年3月第1版
**印　　次**：2024年3月第1次印刷
ISBN　978-7-5212-2750-5
**定　　价**：52.00元

## 序 言

## 山城重庆 001



## 天府之国 021

## 大美青海　063

## 壮哉甘肃　151



## 人文河北　217



## 回京归家　245

## 后记　251

# 2022.8.10-10.16

2022年8月10日，我从北京朝阳区家中出发，直到2022年的10月16号，也就是党的二十大召开的当天，我才回到了北京。漫长且短暂的66天，镌刻在了我内心的深处，我有了从未体验过的生活经历。这种全新的体验，是我精神层面的升华，这次非同寻常的旅行，不仅让我领略了祖国壮丽的大好河山，更让我震撼的是，在疫情期间面对各种困难，人们所展现的顽强精神。大家用极大的忍耐去克服和接受眼下的艰难，我们见到的人及经历的事，实在是没齿难忘……

# 序 言

古语曰：欲穷千里目，更上一层楼。2022 年是全球疫情肆虐之年，8 月 10 日，我们夫妇俩开启了“西行漫游”。仰天大笑出门去，我辈岂是蓬蒿人。我俩虽已年近七旬，仍决定自驾车赴西北考察，我们最终的目的地是到新疆豪游一把。新疆是我家程先生的启蒙之地，青葱的岁月像条河，年轻时的梦想和浪漫总是和新疆连在一起。他 18 岁从陆军装甲兵选飞上八航校，一去八年，都在新疆度过，最终成为战斗机歼 6 的飞行员。新疆给他留下了人生最美好的印记和铭刻终生的怀念。

2022 年 8 月，全国疫情正浓，路上行人极少，百年难遇的疫情岁月，从 2019 年开始，至今已三载，直觉告诉我们事不过三，疫情到了该收场的时候。人生百态，这是弥足珍贵的岁月。我们决定行走在路上，去体会疫情期间的世态炎凉，留下难忘的岁月印记，这便是我们的初衷。出发时，海南疫情、香港疫情、深圳疫情，此起彼伏正值高潮，但这一切都不能阻挡我们出行的脚步。人世间最可宝贵的是健康和亲情，岁月没有饶过谁，我们又何曾饶过岁月。况且，世事茫茫难自料，不知意外和明天谁先到。走吧，往前走，特殊的时期，需要特别的出行人，谨以此文献给将来的回忆。

2022 年 8 月 10 日，我们从重庆出发，经成都，再过理县、马尔康，到若尔盖，见识了种种风景，最后抵达青海。从青海玛沁到茫崖，在这座孤独的城市，无意中待了足足 1 个半月，我们在这里等候和翘望新疆解封，能够踏上赴新疆之旅。

来到川青两省的交界处，我们发现，由于大陆板块的相互挤压与抬升，昆仑山脉在此处终止，亿万年即如此。我们原打算从茫崖到若羌，再到且末，到和田，到伊犁，到石河子，到哈密……可是因为新疆的封控，疫情发展的不可知，我们一天一天在茫崖等候，最终只能失望地掉头向东，踏上回京之旅。

这次出行变成了一段未完成的旅程，对此只能 180 度的大转弯，跨越 700 公里戈壁滩，在国庆期间直达敦煌。在敦煌隔离 7 天之后，我们参观了月牙泉、莫高窟、阳关……然后经嘉峪关，抵达武威，奔赴石家庄，落脚河北故城，又转战涿州，这都不是我们原本的打算，只能根据疫情选择绿码低风险地区出行。最后于二十大开幕的当天，即 2022 年 10 月 16 日回到北京，历时两月有余。一路上，我们经历了林林总总不平凡的人间风情，亲历了各地防疫措施，见证了各地工作人员的艰苦奉献，每天多达 5 次的核酸检查更是给我们的生活留下了刻骨铭心的记忆。值！这是在享受生命，这是向疫情宣战，不低头，不畏缩，尊重生命，向往自由。这一路上我们以坚定的脚印记录了难忘的新冠疫情中的特殊生活……

# CHAPTER 1

# 山 城 重 庆

## 1. 重庆出发

2022年8月10日，是我们启程的日子。清晨6点，我从北京家里出发，乘坐9点的飞机前往重庆，开始了“西行漫游”的第一天。我和先生打算遨游新疆一把，在新疆至少待上一个月。尽管疫情正甚，但我们认为这段精华的岁月不该被疫情所阻碍，走自己的路，看身边的景，品味不一样的生活，这便是我们夫妇俩决定疫情之行的目的。

我中午11点半抵达重庆机场，在这里见到从贵阳驱车而来的我家程先生，由此开启了我们疫情期间的自驾壮行。在重庆机场提取行李的转盘上，一只辛勤上岗的小熊，给我留下了温馨的印象。看到它如此敬业，我特意拍了一张照片留念。

下飞机入机场大厅便要核酸检查，这已经是全国的常态了，是通行必备的通行证，不是阴性，不准前行。重庆的核酸窗口有别于中国的许多城市，

▶ 重庆独特的核酸检测亭，辛勤工作的防疫人员抵御着42度的高温在工作

▼ 炎热的重庆机场，行李盘上辛勤站岗的小熊

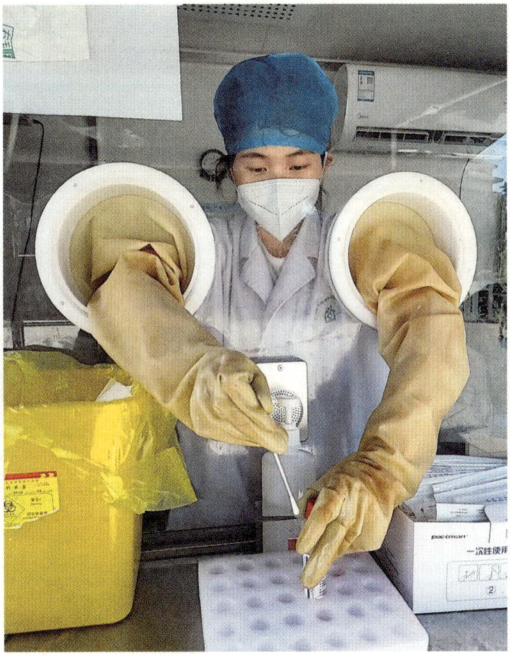

▲ 山城重庆远眺高楼林立

▲ 人生的路亦如爬台阶

渝都气温太高，一直是居高不下的 42 度酷暑，于是防疫人员从两个窗洞伸出一双皮手套，在外面完成核酸检测。

重庆，简称巴和渝，别称巴渝、山城、渝都、桥都、雾都，是中华人民共和国中央直辖市，也是中西部水、陆、空综合交通枢纽。重庆因嘉陵江古称“渝水”，故重庆简称“渝”。北宋崇宁元年（1102 年），改渝州为恭州。南宋淳熙十六年（1189 年）正月，孝宗之子赵惇先封恭王，2 月即帝位为宋光宗皇帝，称为“双重喜庆”，遂升恭州为重庆府，重庆由此而得名。

重庆人性格开朗，幽默，豪爽，当地袍哥文化历史悠久，一句话两个字“耿直”！重庆处于两江交汇处，湿润的空气滋润着姑娘的容貌。无论是走在闹市中心解放碑，还是徘徊在独特民族风俗的磁器口古镇，随处可见窈窕时髦、艳丽妩媚的重庆靓女，她们展示着这座城市的青春活力。重庆除了美女，还有一个极具代表的群体，那就是著名的山城“棒棒军”，他们为重庆乃至全国的经济发展做出了巨大的贡献，也渐渐成为重庆独具的文化符号。棒棒军弘扬着奋斗拼搏、吃苦耐劳的山城精神，彰显着重庆人不怕吃苦、任劳任怨的优良品性。

到重庆的第一件事，当然就是吃火锅啦。重庆火锅文化由来已久，重庆火锅是中国传统饮食之一，起源于明末清初的重庆嘉陵江畔。该菜式也是朝天门等码头船工纤夫的粗放餐饮，其主要原料是牛肚、猪黄喉、鸭肠、牛血旺等。2016 年 5 月，重庆火锅当选为“重庆十大文化符号”之首，俗话说，到重庆不吃火锅等于白来。

▼ 到重庆必吃火锅，我最喜欢的就是双料锅底

## 2. 蓝洋金融中心

8 月 11 日，我们特意来到了重庆蓝洋金融中心，它位于两江新区核心与江北嘴 CBD 门户地段，重庆黄花园大桥北桥头。从窗口远眺，重庆的立交桥就像交错的麻花盘旋在地面，壮观的蓝洋金融大厦里藏龙卧虎，北京云洲资本的分公司就矗立于此。这里交通便利，距离江北观音桥、解放碑 5 和 10 分钟车程，距离火车北站 15 分钟车程，距离江北机场 20 分钟车程；轻轨 6 号线、9 号线以及轻轨环线也经过这里。这里集休闲、娱乐、购物、居住、商务办公于一体，能满足 CBD 的生活需求，是为 CBD 量身定制的风尚全能生活场。

到重庆不得不夸一下当地的交通，重庆因交通的独特而被冠以“魔都”的称号。在这里导航不好使，重庆的地形复杂，山水交汇，造就了重庆独具特色的交通。诗人李白曰“蜀道难，难于上青天”，可想重庆的交通有多么难。郭沫若的诗《天上的街市》，描绘的便是重庆，从少年时，我便读着这首诗，至今仍让我一直难以忘怀，“远远的街灯亮了，好像是天上的街市。”

重庆山城，其独具特色的地形，为其蒙上了一层神秘而妩媚的面纱。在这里，你能充分领教到上坡下坎的地貌特色。火辣辣的城市，层层叠叠的房屋，勤劳的重庆人在挥汗如雨的夏季，仍然是吃着火锅，挥着蒲扇，好生巴适。

▼ 从金融中心窗口俯瞰重庆美妙的立交桥

▲ 我久久伫立在山城巷的牌匾前，被其深深吸引

## 3. 山城巷

2022 年 8 月 12 日，骄阳当空，顶着 42 度的酷暑，我们来到了闻名已久的山城巷。这是一条历史感厚重的巷子，这里记录了重庆的过去，留下了岁月的印记和许许多多有趣的典故。烈日炎炎，我从巷子的北端往下一级一级地行走，真的是汗流浃背，一边揩着汗，一边打量着四周的建筑。

伫立其间，四周的一切诉说着久远的过往，引起了我足够的兴趣，我用自己内心的语言，与各具特色的建筑物对话，寻觅着当年的足迹。

驻足在山城巷牌匾前，我久久移动不了脚步，被这震慑人心的历史沧桑感所吸引，不禁想起一首打油诗：“漫步重庆市，重庆有座山，山上有座城，城里没有神，住着一群重庆人。”漫步山城巷，体会到了此山此水造就了重庆人火辣豪放的性格，嘉陵江养育了重庆一代又一代勤劳的人民。历史赋予了这座城市厚重的文化底蕴，依山就势，上天入地，穿江过渡，真是一座魅力无穷之城。这条名巷位于渝中区南纪门街道凉亭子社区，明清至今，山城巷上下两头连接着重庆的上下半城。1890 年，中英签订了《烟台条约》，重庆专为山城巷命名为领事巷，英、法、德、美领事馆均设立于此。此后，山城巷风云际会，名流云集，来往无白丁，全是冠盖之流。1900 年，法国传教士在山城巷立竿点灯为路人照明，由此得名天灯巷。1972 年更名为山城巷，从此赋予了它新的历史。

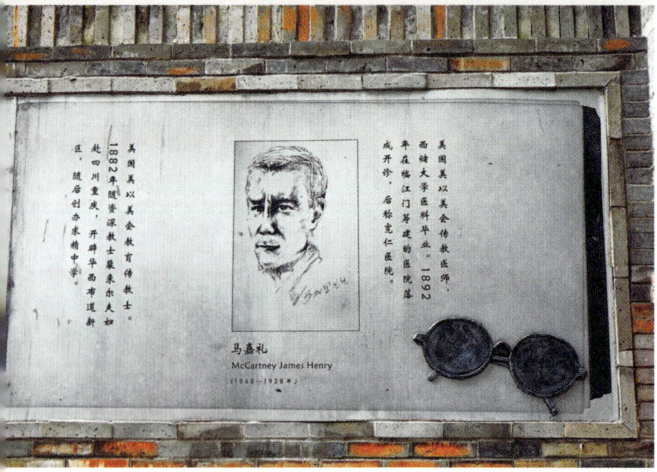


我慢慢地走，缓缓地行，一级一级地下着石阶，似乎感觉到身边有无数的达官贵人，流连于此，时光荏苒，历史留下了点点遗迹。在这里，奔流不息的长江，伴随着它的发展和演变。这是山城重庆的名片，也展现着新

▲ 岁月仿佛无视这里，让这条小巷坚守着老重庆的味道

重庆的面貌，徘徊于此，慢慢品味，历史沉积的文化魅力，让我驻足良久。生生不息的山城巷，它所带给我的兴奋点实在太多太多。

我最喜爱的是巷里历经岁月的石朝门，曾经的石朝门里出入的社会名流，无声地诉说着那一度的辉煌。仁爱堂的钟楼拱门、浮雕，仿佛还能嗅到巴洛克的味道。

1937 年抗战打响，国民政府迁都重庆，山城巷见证了重庆陪都的风霜。解放后百废待兴，这里的很多民居改为新时代的居所，有粮食公司的职工宿舍，还有青年旅舍等等。沧海桑田，在百余年的时间里，历史慷慨地在此留下了许多印记。穿行于这条小巷，仿佛穿越在历史的洪流中，我从炎热的中午走到了微带凉风的傍晚，还是行不够。我在细细地打量着这一砖一石，品味着这里曾经的风云起伏，历史跌宕。

▲ 穿行于这条小巷，仿佛穿越在历史的洪流中

在一个小店铺前，我停留下来，品尝着重庆特有的冰粉，犹如品尝历史的厚重。小店绿荫下的藤椅上，还坐着其他游客，这里完全是重庆人老生活的场景，挥汗如雨，喝着大碗茶，特别有家的味道。遥想当年我的父母也曾穿行于此，我们家是地道的重庆人，原本住在观音桥，南纪门当然是常来之地。

吃着凉爽的冰粉，喝着酸梅汤，沐浴着热浪，我仿佛又听见了外婆的重庆话，看见父母那忙碌的身影，以及饭后茶余妈妈的唠叨声，真是道不尽的乡愁情怀。山城巷是重庆生活的博物馆，游走其间，除了品味历史遗迹，还有小巷展现出的生生不息的朝气与魅力。由于改革开放，多元文化在这

▼ 山城的一砖一瓦，一条标语都是时代的印迹

▶ 山城巷的老建筑

▲ 世代传承的"啥子巷巷大汤圆"

儿碰撞生长，在这里的小门店，我还特地给小孙女买了一只谷草编织的兔子，这只兔子穿着漂亮的绿上衣和黄色的背带裤，它将随我游历大西北后回到北京。

坐落在山城巷里的"啥子巷巷大汤圆"店，颇引人注目，别看这小小的门脸，可是承载着几代人的辛酸。这是一个少有的世代传承的小吃店，还上过中央卫视。店里顶级的双黄蛋汤圆，一口咬下去的爆浆，满足你所有的味蕾幻想，这重庆山城老味道的地方，真是让你难以忘怀。山城巷的丰富就在于此，它有着西式的豪华建筑，更有中式最接地气的饮食小摊。不管怎样，它们坚守住了历史，因此能够成为一道亮丽的名牌，这里的沟沟坎坎，这里达官贵人的老朝门，以及最接地气的重庆小吃铸造了山城巷的灵魂。

无意间步入山城巷里的记忆馆，里面有很多老物件，看着这些物件，回忆满满，引领着我们进入小时候那快乐的时光。我饶有兴趣，顺着青石板石阶，一步步地往下走，同时步入四周的建筑里，在那里久久地回味着、

▲ 无意间步入山城巷记忆馆

想象着、咀嚼着这些文化底蕴。山城巷，犹如童话里一条点着天灯的街巷，美妙地飘浮在重庆母城的半山腰，连接着我童年的记忆。

在这里，尤其令我感兴趣的是西式风情的那种浪漫。在法式建筑的仁爱堂，我步入其中，踏在那嘎嘎作响的地板上，伫立在临江而建的石阶阳台。虽然有许多花草，因长时间没有人打理，早已荒芜。有趣的是这些花草间，我发现了两只狸花猫，它们紧张而好奇地打量着我，诧异这不速之客怎么闯入了它的领地。它们警惕地望着我，然后快速地跳到了仁爱堂那不算高的石墙上，骄傲地居高临下凝视着我，我们对视着目光，说着彼此听不懂的语言。

山城巷里，明清风格的长乐、永康的石朝门，还有那海派石库风格的后笃南方传统民居，体心堂 42 号民居，这些尘封着厚重历史的建筑，如同五彩缤纷的万花筒，将这条小巷过往的繁华展现得淋漓尽致。

上坡下坎，弯弯拐拐，不知曾闪过多少名人。山城巷的左边是那些历史厚重感的建筑物，右边便是长江、嘉陵江那些斑驳的旧石墙，茂密的老黄桷树承载着几代人的辛酸。小巷里的法国仁爱堂，由医院和钟楼组成，是重庆医学发展最早的见证，是重庆第一所西式医院，同时也是中西合璧的礼拜堂。

穿行在仁爱堂长长的甬道里，我能感受到历史厚重的脚步。那高级的西式建筑至今仍然没有落伍，显现着庄重和堂皇。仁爱堂是传统的中式建筑，局部还带着老虎仓，它是研究西南近代和现代建筑的标本，也是百年的历史建筑，斑驳的墙面上倾泻而出的蔷薇花让人难以忘怀。独特的气质与情调，让山城巷魅力无穷，尤其是夜幕降临，华灯初上，凭墙远眺，长江两岸的美景便一览无遗，尽收眼底。

## 4. 十八梯

从山城巷一直走下来，斜对角便是盛装归来的重庆十八梯，它重塑了山河岁月和人间烟火，它不只是一个地名，曾经是山城人必经的生活小道和岁月之路，亦是重庆人最深的乡愁所在。几百年来，它迅速变迁，繁华一世，衰败几秋。十八梯，顾名思义，便是高高的阶梯，错落有致的青瓦房，以及路上的挑夫，还有过往的熙熙攘攘的市井小民。这是重庆烟火味极重的地方，也曾经是下里巴人常来的地点。当然也会有名士显贵，更有贩夫走卒。烟火的延展，无数的家庭在这里落脚生根，几代人在这里休养生息，这里囊括着人间的悲欢离合，喜怒哀乐。这些梯坎直上直下，或穿行迂回，仿佛很随意，但这就是最本真的重庆，最古老的母城。十八梯，一部重庆的市民史，人们常在这儿走，很熟悉，但仿佛又很陌生，这曾经是爷爷奶奶乃至先辈们步行的地方，他们流着汗的脚印把十八梯的青石坎打磨得异常光滑。这里炎热，这里吵闹，这是重庆市民的交通要道，早已驻足在重庆人的记忆里。十八梯曾经荒芜，又再度繁华，而今又恢复到传统的面貌

▲ 过往的历史，而今的网红打卡点

与人们重逢，一切恍若隔世。

青石板路诉说着十八梯的沧桑，多年前的《重庆时报》曾经报道过十八梯的160号，曾有一口古井，人们在这里打水洗衣，非常热闹。但是后来不知道怎么就干枯了，废弃了，再后来修成了公路，改造成石梯小路，聚集着过往行人。老百姓坐在石板上唠着家常，发着牢骚，这就是重庆最接地气、最本土的十八梯。

十八梯在重庆人心中重要的位置，还得从上下半城谈起，以九开八闭的城门和城墙为界。明清时期，重庆的母城就点缀在渝中半岛之首，面积

▲ 小巷深深，浓浓人间烟火气

▲ 令我眷恋无比的青石板路

不大，但上下落差几十米。下半城便是南纪门、金紫门一带，上半城即现在的较场口和解放碑那一片。这高高低低的落差形成了不同的风格。这里一直是重庆入川的门户，陆路水路，交通都很便捷，往来的商贾也多在此停留中转。当时的下半城到朝天门，异常繁华；上半城则相对偏僻一点，因为下半城是水码头，商贸繁荣，人口密集。

细细品味，这里错落有致沿街而上的一间间小商铺，都在努力翻版着从前的繁荣，酷似重庆的清明上河图，这里的一家家商铺，让你能忆起当年的轿夫、纤夫、挑夫、商人和赶路人。十八梯汇集了重庆的人间烟火，这是其他

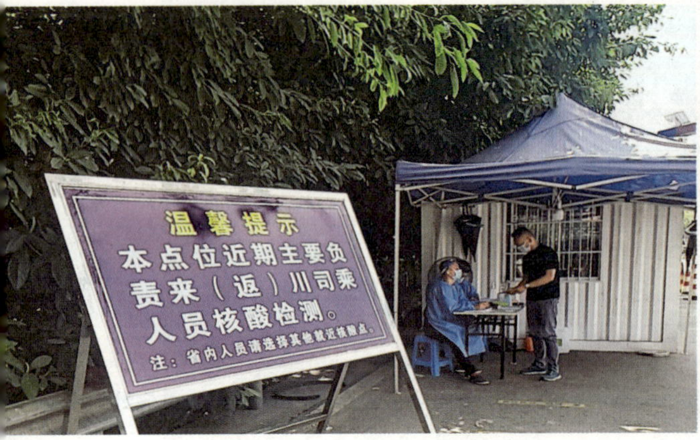


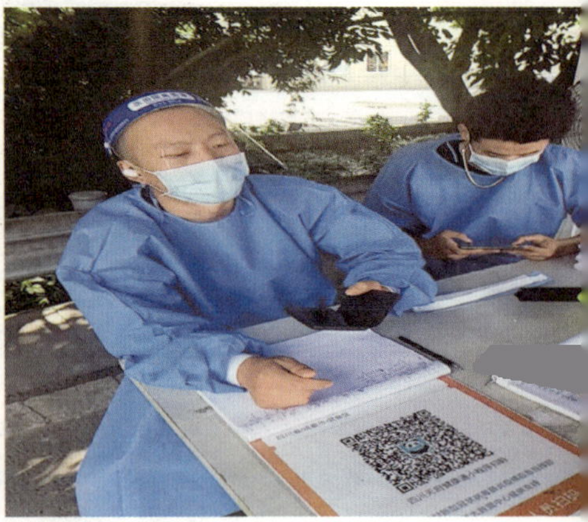

▲ 特殊的风景线——十八梯出入口的核酸检测点

地方无法比拟的，那弯弯拐拐的街巷，再一次印证着渝都生活。十八梯总会让人驻足于此，喝着茶，聊着天，谈着生意。十八梯旁防空洞的门口则是善果巷，据历史记载，清末，善果巷的居民为了方便夜间的行人，自己凑钱买油点灯做善事，由此得名。这里的一草一木、一砖一瓦都承载着复杂历史，一丝一毫总关情。

如今的十八梯，每到晚上又恢复生活的原味，夜间的小吃摊到处都是，有小面、油炸花生米、水煮黄豆、凉拌豆腐干。无论哪个阶层的人在工作之余都喜欢来这儿吃宵夜，划拳声、喧闹声，常常要吼到第二天清晨。沿着十八梯拾级而上，旁边常会遇到做缝纫的女人，也会坐着一些休息的老人，聊着方方面面的八卦。

随着改革开放的进程，现在十八梯开始了它新的生命，已经是很多游人的打卡网红地，充满了温情，遍地是回忆。十八梯已经是重庆的标杆街道，它保持着过往的时光痕迹，也蕴含着当今的时尚。有人说，没有到过十八梯，就等于没有到过渝都。我久久打望着十八梯，遥想当年十八梯的人情味，我的印象中，外婆牵着我的小手，哼着童谣，另一只手挎着菜篮，踩在十八梯的青石板上，上上下下。我喜欢十八梯，是喜欢这里的乡音，喜欢这里满是儿时的回忆。如果平心而论，我更喜欢山城巷的清幽，它与十八梯的喧闹，形成了鲜明的对比，历史年轮在这两个地方都留下了个性印记。

我在十八梯长久地走着，留意着小商铺，那铺面和砖墙曾经是我们中国火柴原料厂的旧址，展现着当年火柴大王刘洪生的勇气和坚忍。而旁边那一幢黄色的古老建筑则是法国的领事馆旧址，想象一下当年的十八梯是何等的拉风。这一物一景都在用自己的身姿与世界相连，诉说着重庆的过往。

据说，人多时，十八梯一天接待近 20 余万人次。现在虽是疫情高峰，很多地方封闭不能外出，但这里仍吸引着众多的游客。

与山城巷相比，十八梯人气确实旺得太多。然而我还是喜欢山城巷，原汁原味，不被打扰，静静地藏匿在闹市之中，诉说着“陪都”过往的历史，回味着当年穿行于此的达官贵人的生活状态。而今最鲜明的“风景”是进出口的核酸检测点，这独具特色的时代风貌将永存历史，且前不见古人，后也不会见来者，这道风景线当然会成为十八梯和山城巷永恒的记忆。

CHAPTER 2

# 天府之国

## 1. 绵虒服务区

重庆的气温总在 42 度左右，车上虽然开着空调，仍然感觉暖风熏得游人醉。我们下一个目的地是成都，成都简称“蓉”，别称蓉城、锦城，是四川省省会，中国西部地区重要的中心城市，国家重要的高新技术产业基地、商贸物流中心和综合交通枢纽。全市总面积 14335 平方公里，常住人口 1658.10 万人，城镇人口 1233.79 万人，城镇化率 74.41%。成都是全国十大古都和首批国家历史文化名城，古蜀文明发祥地。境内金沙遗址有 3000 余年历史，周太王有“一年成聚，二年成邑，三年成都”之说，故名成都。蜀汉、成汉、前蜀、后蜀等政权先后在此建都。成都一直是各朝代的州郡治所。汉为全国五大都会之一。唐为中国最发达工商业城市之一，史称“扬一益二”。北宋是汴京外第二大都会，发明世界上第一种纸币交子。拥有都江堰、武侯祠、杜甫草堂、金沙遗址、明蜀王陵、望江楼、青羊宫等名胜古迹，是中国最佳旅游城市。

▲ 当年汶川大地震的救灾“主动脉”，如今却是异常安静

2022年8月12日上午，我们驱车进入成都境内。首先映入眼帘的便是核酸检查站，这道独特的风景线，近三年无论在哪座城市，看到的第一道风景便是查验健康码和核酸检查，它们大多设在收费站的右边，此为第一关，本地人不可以在这儿做核酸，仅供外地入境的人做。今天是我们一天内做的第三次核酸，在重庆做一次，离开重庆做一次，到达成都又是一次。不做，去哪儿都不方便，这就是当前的防疫政策，谁都要遵守配合。虽说成都和重庆的气温高达40余度，但防疫人员仍然穿着厚厚的防护服坚守岗位，异常辛苦，看不到他们流汗的面庞，只看到一双双疲惫而坚定的眼睛。

成都前些日子因疫情而封城，哪儿都不准去，街道上异常空旷。现在成都刚解封，但传闻又有几例确诊红码病例，又将进行封

▲ 一路畅通

控，属于高风险地区，因此我们不敢逗留。匆匆吃了午饭，便直接上路，向阿坝前行，拟从此取道赴疆。

我们行驶的这条路，在当年可是热线。2008 年的汶川大地震惊动了全世界，更牵动着全国人民的心。当年在这条主干线上奔跑着救援的队伍，运送着数不尽的救援物资，而今这条主干道却是异常安静。我们这一路经过映秀、汶川，当年那场地震，惊天动地，如今很少提及，这便是人之常情，一切皆会如烟。人是最容易遗忘的，多重的创伤随着岁月的吞噬都会飘散而去。我望着车窗外的蓝天白云，不禁感叹唏嘘，人生苦短，没有什么值得担忧。

一路穿行进入青城山，青城山脚下都江堰，李冰父子开创的水利工程，留下千古佳话。车行至此，我们明显感到气温降低了，吹过来的风都带着几分凉意，两旁郁郁葱葱的青山，让人通透了许多，那些不快，那些担忧仿佛都随风而去。

2022 年 8 月 12 日下午，我们抵达素有“大禹故里，西羌门户”之称的绵虒服务区。不过一个小小的休息站，却聚集了好多的车辆。这里车水马龙，人们大都没戴口罩，亦没有过多的防疫举措，休息站旁还有长长的水果廊，有买的才有卖的，可见这是一个很重要的旱码头。我站在服务区

▲ 车水马龙的绵虒服务区

往远处看，群山顶上白云翻滚，绿树成片，颇具波澜壮阔之感。

绵虒古镇建于公元前 111 年的西汉元鼎六年，转眼 2000 多年过去了，而今它是汶川县的重镇，人口以羌族和汉族为主。这是大禹的故乡，随处可见大禹的印痕，或是雕像，或是房屋上面的“禹”字标记。

绵虒，它这个“虒”字表示了老虎头上长角，意味着威猛无比。它的地理位置是在汶川县城的西南角，人口不到 7000 人，却冬无严寒，夏无酷暑，冷凉而干燥。这个小小的绵虒镇，竟下辖 14 个村，44 个村民小组，基本以农业为主。绵虒是很温和的居家小镇，很接地气。临别之际，我深情地打量着绵虒周围的山山水水，感觉到一种王者之气。这羌族的门户，大禹的故里，它的文化底蕴和经历过的风风雨雨，给我们传递了厚重而绵长的信息。难怪这里的服务站会如此地繁华，长长的水果长廊，大片的停车场，便证明了它一直的繁荣。

天已傍晚，从绵虒出发，右边是往汶川的路，我们走了左边的隧道。今天晚上留宿理县。到若尔盖，虽然从理县走稍偏，但沿道看风景，也是意外的收获。这边的防疫较松，到了休息站，我们也只是晃一下健康码，

便扬长而去。街边小摊上人们喝着啤酒，敞着胸坐在那儿谈笑风生，街边的小朋友在打闹着玩耍嬉戏，回到了原本该有的生活状态。

## 2. 薛城古镇

到达阿坝州理县，我们感觉松了一口气，这里的疫情没那么严重，街上戴口罩的也不多，因此我们的行动也相对自由了。理县位于四川省西部，青藏高原东部，阿坝藏族羌族自治州东南缘，东北与茂县、黑水接壤，西南与小金相连，东南与汶川相通，西北与马尔康、红原毗邻，全县面积 4313.42 平方公里。理县山高谷深，风景秀丽，有省级风景名胜区——米亚罗红叶风景区、省级名泉——古尔沟“神峰温泉”、东方古堡——桃坪羌寨、毕棚沟自然风光等。国道 317 线沿杂谷脑河贯穿全境。

我们专程游览了薛城古镇。薛城镇是以羌为主族的羌、藏、汉聚居区，

▲ 理县薛城古镇是藏羌文化走廊上的川西明珠

东接木卡，南靠蒲溪，西倚甘堡，北通下、上孟，下辖 11 个村和 1 个居委会。古镇只有一条主街，保持了原有古韵味。蜀道之难，难于上青天，这是兵家必争之地，而今成为旅游胜地。城门口在一个高大的筹楼旁，这个楼又名筹边楼，翻开史书，我惊讶发现，早在隋开皇四年（584 年）设薛城戎，唐天宝元年（742 年）设保县，后来更名为薛城县。这曾经是那么繁华，系大唐边陲重镇，从唐朝到民国，薛城都是县一级的政治、文化、经济中心。1951 年冬，薛城改为区，后改为薛城镇。薛城古镇虽然不大，但四周群山环抱，山势险峻，一边是熊耳山，一边是笔架山。古镇沿着古道山腰，曲线呈横的川字排列，杂谷脑河从镇上流过。

行走在古镇的青石板路上，历史的风云就在身边呈现。城镇头的筹边楼，整座楼阁就建于巨石之上，呈正方形，高峻20米，四角飞檐，青瓦红柱，两层在建筑学上称为重檐歇山式木结构。现在看到筹边楼，虽不那么雄伟，但仍可见当年威风。这座楼能保存至今，实属不易，在风雨侵蚀的200多年间，一直屹立于古镇，已被列为第七批全国重点文物保护单位。在薛城镇，你还能看到红军留下的标语——“为中国的独立自由而奋斗到底”。1935年，红四方面军从四川通南巴出发，长征经过茂县到达理县，在薛城镇还建立过红军的造币厂、被服厂和医院。

薛城古镇的老街叫顺城街，路面用青石板铺成，路两旁的建筑都是在“5·12”大地震中损坏后重建的，都是新修的仿古建筑。汶川大地震之前，317国道穿城而过，震后，新的国道改建，在小镇的河对岸，以往从成都到薛城要5个多小时，现在仅两个多小时。这是一座安静的古镇，没有太多的商业气息，让人感觉到那种本色的清凉。

薛城古城，历史悠久，为历代兵家必争之重镇。据说1964年，一支由考古学家童恩正老师带领的四川大学考古队，来到理县薛城箭山村进行遗址考古。考古发现，5000年前的新石器时代，理县就与中原仰韶文化、西北马家窑文化有文化交往，与茂县、汶川等地同为古蜀文化发祥地，文明的曙光早就照亮了薛城古镇。

古镇主街约500米长，路上偶尔有几个穿着传统服饰的妇女，站在街头拉家常。令我们印象深刻的是古镇的小楼上，一位穿着民族服饰的女同胞正倚窗而立，悠闲自得地抽着旱烟。从她直视我们的表情中，仿佛读到她内心的疑惑：“他们是哪里来的人，来这里干什么？”

▼ 悠闲自得地抽着旱烟的当地老人

## 3. 茶马驿道

在薛城的茶马驿道，留下了很多难忘的故事。唐末宋初，茶马互市的边疆贸易悄然兴起。因高原民族以牛羊肉为主食，依赖喝内地所产茶叶解油脂，而产自黄河上游若尔盖草原一带的河曲马是宋代骑兵首选的优质马源。因此，宋代以来以内地茶叶换取边疆马匹为纽带，形成了茶马驿道，使中央王朝和少数民族地区形成相互依存关系，维系了边疆的安全。

从薛城出发不久，便到了理县县城。1946 年，为缓和民族矛盾，由理番县改为理县。1950 年 1 月 16 日，成立了理县人民政府，属于茂县专区管辖。1951 年 11 月，薛城迁至杂谷脑。

进入理县，我们完全摆脱了炎热，举目望去，人们穿着长袖衣服，虽说时辰已晚，但阳光却特别灿烂，伴随着徐徐凉风，山地气候令人感叹。8 月的理县，温暖芬芳，在此，我领略到广袤与空旷之间的自然禀赋，感受

▼ 理县是昔日茶马贸易的交通要塞

着浓郁的民族风情与文化。

理县有一条穿城而过的河流，那就是杂谷脑河。这里早晚温差大，早晚凉爽，中午炎热。城市街道不宽，但干净整洁。

入夜，我们在理县城内找了一家民宿住下。这里的民居很有特色，门前一个小坝子，种瓜种果。现在到了挂果的时候，看着十分喜人，人们在乘凉聊天，悠闲自得，好生快乐。

## 4. 夜宿理县

理县，亦是成都人喜欢的度假胜地。我们的晚餐是到本地的藏餐馆。这里的生意很火爆，已 9 点多了，还要排队，特色菜是手抓牛肉、羊肉以

▼ 理县人怡然自得的生活，成为人们忘却凡间的乐土

及酥油茶、酥油饼。虽说藏餐馆藏在一条小小的巷子里，而且还要上很高的台阶方能入店，即使如此，仍然顾客盈门，真是好酒不怕巷子深。

据史料记载，理县所居嘉绒藏族，公元 4 世纪从西藏迁徙而来，距今已有 1300 多年的历史。羌族素有“民族活化石”之称，公元前 4 世纪已活跃在岷江上游。千百年来，各民族不但完整地保存和延续着本民族的语言文字、宗教信仰、文化习俗、生活方式，且形成了独特的共居文化。藏羌民族的锅庄舞，正是共居文化的经典，这种民族自娱性舞蹈是理县百姓的最爱。无论男女老少，无论藏族、羌族还是世居的汉族都喜欢这个舞蹈。逢年过节，婚筵团聚，人们点燃篝火，杀羊烤肉，挥舞串铃皮鼓，围着咂酒载歌载舞，通宵达旦，传递着友情，延续着民族文化。

▼ 当地正宗的藏餐馆，生意异常火爆

▼ 理县的夜幕分外艳丽

夜晚的理县凉风习习，是天然福地。夜晚住在理县的民居，推开窗户看着寂静的群山，联想到当年的红军也在此驻扎，真所谓“莫道君行早，更有早行人”。理县的夜空透出从容和野性，让我有某种缥缈和新奇之感。这里的房屋不高但连片，房屋的土墙厚，且多有一个院落。理县 8 月，是一年中最美的季节，河谷溪畔，本色的景物沁人心脾。晚上的睡眠当然很香甜，旅途的劳

▲ 高速路上一路畅通

顿一扫而光。

13 日凌晨，我们 5 点起床，清晨 6 点，便出发前往马尔康市。马尔康市、汶川县、理县同是阿坝州下属的三个县级市。早晨的理县静悄悄，人们还在甜睡中，偶尔有一辆车子划过，更显分外寂静。这里的早晨非常清凉，还得穿上长袖衣物才行。

路途中远方的朋友来电："现在正值疫情高发期，你们一路跋涉，太危险了，这是壮行啊。"而我俩内心却很淡定，我们总认为最宝贵的是难得的岁月，我们要的是每一天充实而快乐的生活，至于病毒，让它逃之夭夭吧。人们每天都在做选择，看你怎么去选择生活。我们最大的追求，是要活出自己的精彩。我们沿着理县的河流前往马尔康，沿途是一个大峡谷，晨曦

▲ 晨曦伴着我们前行

伴着我们前行，两边的山脉、清澈的河水在眼前滑过，穿行在大山长长的隧道中，分外惬意。

十多年前我们夫妇俩也到汶川，那时还未地震，盘旋的山道、悬崖峭壁给我们留下了极深的印象，而现在是一片坦途，少了些许惊喜，多了一份安全，但也失去了大饱眼福的机会。而今路在脚下，行在路上，抓住每一天，便抓住了生命的钥匙。天渐渐放亮，我们马上就要到马尔康了。来得太早了，路上人极少，清新的空气，伴着陌生的街道，炊烟在慢慢升起，金黄的麦田和白雪、朝阳将村寨紧紧环抱，仿佛世外桃源。

从理县到马尔康，相距 100 多公里，全程高速，穿行在崇山峻岭之中，其间近三分之二的时间行驶在隧道中，许多隧道长度在五六公里左右，其中一条隧道长达 13 公里，从进去一直到出来至少需要 15 分钟。试想一下，如果没有开凿这条隧道，当年的盘山而行，要走几个小时啊，隧道使天堑变通途。

沐浴着清晨的第一缕阳光，我们在马尔康的一个街边小吃店开始了早餐。店里品种很多，油条、豆浆、包子、饺子、炒饭、甜酒都有，混杂着藏餐和汉餐。吃早饭的人并不多，很多人应该还在沉睡之中。马尔康市位于青藏高原的南沿，四川盆地的西北部，北靠阿坝红原大草原，南与卧龙大熊猫自然保护区小金县及四姑娘山紧邻，面积 6633 平方公里，下辖 3 镇 10 乡，常住人口有 6.1 万。1956 年 4 月 21 日，国务院批准成立马尔康县。2015 年 11 月，经国务院批准撤县建市。

说到马尔康，从我记事之初，听红军的长征故事便知道这个地方。而今马尔康不同以往的贫瘠，已成为旅游胜地、边塞重镇。马尔康是阿坝州的州府所在地。藏语的马尔康就是火苗旺盛的地方。著名作家阿来系马尔康人，他笔下《尘埃落定》一书，便深情地描写了马尔康。在马尔康，每一个转弯处都有蓝天白云，都有着灿烂的笑容，更有着人们悠闲的身影。

## 5. 卓克基土司官寨

偶然间注意到马尔康独特的文化细节，这里的许多设施都用三种文字标注，哪怕是一个垃圾箱也造型别致，颇具民族特色。尤其是马尔康的卓克基庄园更展现了这一切。卓克基庄园，准确说它叫卓克基土司官寨。在它的旁边，还有省级重点文物保护单位西索民居，官寨的背后是雪马山等多处自然和人文景观。这里的每一个瞬间，每一处风景，都蕴含着一个个故事，留存在我的记忆深处。卓克基土司庄园，又称土司衙署，是随着元朝推进土司制度后应运而生的特殊建筑，受汉藏文化的熏陶，在修建土司官寨时采用了藏文化、汉文化，它们美妙地融合在一起，让你感觉到这不是一个普通的官寨，而是一个艺术

▲ “马尔康欢迎您！”

的结合体。这些建筑，被美国著名作家、《纽约时报》总编索尔兹盛赞为东方建筑史上的一颗明珠。而我认为它更重要的意义是，在红军长征途中，毛泽东、朱德、周恩来等中央领导同志都曾在此驻足。这里也是著名作家阿来先生的小说《尘埃落定》的背景地。驻足在官寨院子中，那一扇扇窗户透出的是文化，昏暗的光线洒落在那些烛台器皿上，每一个房间都透露着神秘的光芒，在此你似乎还能嗅到当年人们生活的气息。那些灶台，那些锅瓢碗盏，那些桌子和椅子，安静地向人们诉说着这里曾经有过的精彩，沉淀后的辉煌和沧桑世事的变迁，构成了藏族的历史，每一个细小的物件都是那么精彩，值得人玩味良久。

▼ 马尔康厕所的垃圾箱亦颇具民族特色

紧挨官寨两三百米的距离，就是红军长征纪念馆。纪念馆内陈设了当年红军的物件，可见当时条件是何等艰难。红军留驻马尔康期间，翻雪山、过草地建立革命政权，在艰苦卓绝的环境下创造了革命奇迹。这些文物承载着中国共产党的光荣岁月，记载下了我们各民族对红军的支持和坚定的跟从。

位于马尔康的卓克基土司官寨，是马尔康唯一的国家级旅游景区。早在 1935 年 7 月 1 日，毛泽东、周恩来等领导人在此召开了著名的卓克基会议，讨论了民族政策和民族工作问题，制定了红军战役计划，确定了以卓克基地区为总后方。

卓克基官寨，始建于 1718 年清朝乾隆年间，为四层碉房。1936 年毁于大火，1938—1940 年，土司索观瀛组织人力进行重建。1988 年被国务院列为第三批国家重点文物保护单位，是一个集文化、宗教为一体的建筑，也是全国土石文化唯一保存最完好的土司官寨。

▼ 全国重点文物保护单位——卓克基土司官寨

官寨四周墙体均用片石砌成，用石灰加糯米汁勾缝。墙体厚达 1 米，采用内直外收的砌法，上窄下宽，整个墙体处于抗压状态，成为建筑的承重主体，加之内部木结构横梁的互相支撑拉合，整个建筑亦下大上小，重心向内，稳定性强。墙体四周开有内大外小的小窗作通风和瞭望防御之用。

官寨的外部装饰以石块、片石的天然成色作为基调，从而使整个建筑显得古朴凝重，与整个自然环境浑然天成。四面墙体正中镶嵌石刻彩绘的天神或地神，相传有镇妖、辟邪之功能。四角上各安置一木雕龙头，龙头上各系一铜质风铃，常作吟风啸月、歌秋颂春之音。

▲ 卓克基土司官寨大门及外部建筑

▲ 进院后的照壁

官寨的内部以木板或石墙隔成 63 间大小房屋，各屋又以各种藏汉家具放置其间，使屋内布局合理，井然有序。大小经堂内帷幔低垂，神灯长明，香烟缭绕，内墙四周绘有佛本生经的故事等内容的壁画，色彩艳丽，笔法细腻。置身其中，会有一种“语默动静，一切声色，尽是佛事”的感触。

我仔细打量着这被誉为“东方明珠”的建筑，整栋楼是由实木嵌镶而成，没有用一颗钉子，全部木头由榫卯衔接而成，这是当地藏民的智慧和高超的建筑技巧。官寨的中央天井 1400 平米，是举行庆祝活动的地方。站在中间，我们便能仰望整个官寨的内部结构。

官寨内院天井旁的回廊由通顶廊柱、木质楼板及木栏杆组成。通顶廊柱总计 21 根，分布于天井四周，支撑着层层楼板和屋顶密梁及三角桁架。廊柱为上下两根树木重合构成，上下结合处采用暗子母榫套合，做工精细，毫无痕迹，如同整木一般。每根廊柱通长 15 米，下大上小，一气呵成。楼板则平铺于由墙体挑出且与廊柱穿斗而成的矩形梁上。栏杆则以镂刻雕花的木条构成几何形或吉祥如意的窗格图案，栏上大小窗格均装有五色玻璃。栏杆绕柱，柱撑栏杆，五色玻璃在夕阳的辉映下色彩斑斓，整个内院洋溢着浓郁的民族文化气息。

这里所有的楼层都用汉式回廊，汉式那种回廊相互连接，回廊外面用汉式花窗与藏式窗花图案做装饰，融为一体，体现了藏汉文化的结合。当初的修建者索观瀛土司，他不仅是一位开明的土司，更是嘉绒建筑史上的一位艺术家。

## 6. 西索民居

坐落在“横断七岭”之一的大雪山中端卓克基土司官寨旁的西索民居，居住着一支特殊的藏族分支——嘉绒藏族。它是由世居的土著人与唐蕃时

▶ 内院四周全是充满神秘感的窗户

▶ 悬挂的铜火盆是供夜间照明所用

期从西藏各地调来的驻兵及其家属中部分成员长期融合逐步形成的。他们之间的民族文化经过长期交汇，形成一种独具特色的嘉绒藏族文化。

▲ 西索民居的老人

▼ 西索民居独具嘉绒藏族特色

西索民居系典型的蕴含嘉绒藏族文化底蕴的村落，始建于清朝中叶，原是土司制度时期的商贸集散地。西索民居依山势排列开来，鳞次栉比，错落有致，犹如一座古城堡，其排列结构仿佛藏八宝中的如意吉祥结，令人赞叹不已。西索民居是用石头垒砌起来的建筑艺术，每一堵石墙立面整齐，棱角锐利，上窄下宽，四角上翘。门楣、窗棂上，都垒放着白色的石英，门窗的四周用纯净的白色勾勒。高大的山墙上，白色涂出了牛头和能够驱魔镇邪的金刚等图案。房子内部，墙壁和柜子上，醒目的日月同辉、福寿连绵图案则用洁白的麦面绘制而成。

走在青石板小路上，脚步声在高耸的石壁间回荡，在细长的小道中延展，给人一种曲径通幽的遐想。这些线条分明、棱角突出的石头建筑，与周围险峻的山峰、陡峭的崖石等自然环境，形

▲ 西索民居是用石头垒砌起来的建筑艺术

成浑然天成的图腾，红色的瓦片、飘动的经幡为藏文化平添了几分神秘。我们行至其间，内心变得好纯净，仿佛是天地间走来了小小的我，一切都是那么坦然和安静。

## 7. 红原大草原

兴许是疫情原因，本应是旅游旺季的 8 月，一路上车辆却甚少，我们欢快地一路畅行。车内回荡着我们都喜欢的草原歌曲，对应窗外辽阔的大草原，情景相融，心旷神怡。下午 3 点，我们到了红原草原。阿坝州的红原大草原与若尔盖草原紧紧相连，共同组成了面积达 3 万平方公里的四川最大的草原，也是全国三大草原牧区之一。由草甸草原和沼泽组成的红原草原，一望无际，草地连绵，积水成沼。红原大草原的得名，不只是风景优美，还因为当年的红军长征，留下太多的故事让人们回味。只是因宣传力度不够，游人并不多，但这片美丽的草原，

▲ 天高云淡，山林苍翠

给我们留下了深刻的印象。那一望无际、环绕草原的山峰，看上去如此平缓柔和，像一道天然的温柔屏障。草原上的黑色牛群很多，公路修得很好，来这边的大多为四川人，因为疫情，外省来的游客极少。

出汶川向北进入红原大草原，草原面积辽阔，牧草茂盛，毫不逊色于蒙古大草原。长江黄河的分水岭就在红原草原，我仔细查阅资料备了课，才知道红原大草原，在青藏高原东部的边缘，地处川西北雪山草地间，这里曾经是红军活跃过的地方，因而留下了许多红色的故事。这里的自然景观非常独特，资源也丰富，素有高原金银滩之称。红原大草原也是花的世界，草的海洋，风情独特，气象万千。在此我深深地感到美丽的红原大草原比我到过的呼伦贝尔大草原更为瑰丽，虽然内蒙古有那种“风吹草低见牛羊”的壮阔，但红原大草原的植被更为丰茂，也更为柔和。环绕草原的山势也

▲ 天苍苍，野茫茫，风吹草低见牛羊

不高，绵延起伏，像大海的波浪，丰沛的草和水，让你感觉颇有江南水乡的韵味。

当年红军长征经过了这片美丽的草原，因而把它命名为红原县。它隶属于四川省阿坝州，举目望去，绿色如茵的大草原在黑白相间的帐篷以及那一群群牛羊马的映衬下，好美好美。这里有藏传佛教寺庙——麦瓦寺院和达喀则寺院，这片广袤的草原上更有着吸引人的赛马会，赛马会通常在松潘的西北部举行。80 多公顷的丰美牧场，居民多为藏民，四周洋溢着浓郁的藏族风情。

到了红原大草原，我们来到被称为“花海”的地方。它距离红原县城几十公里，在黄河分水岭下。从一条土路进去 10 公里左右便让人眼前一亮，每年 6 月中下旬是鲜花盛开的最好季节，方圆 3 万余亩的草原便成为花的海洋。黄金的观赏期我们虽然错过了，但仍能感受到这片花海的壮观和独特。让我最震撼的莫过于它一望无际的水和草的交融，仿佛一幅巨大的锦缎，编织着壮美的青藏高原，长江黄河在这里汇聚，又在这里分流。作为江河之源，它涵养着最珍贵的生命之水，滋养着广袤的喀丘高原湿地。你很难想象长江、黄河两条母亲河在这里交汇后，是怎么样昂扬奔流向海。大自然的鬼斧神工便镌刻了多民族的阿坝州。这里的海拔高度在 3500 米左右，属于典型的高寒草甸、沼泽湿地，红原草原，仿佛就是高原之肺，承载着长江和黄河上游重要的水源涵养和生态功能。若你有幸到此，一定会被它深深地吸引住，这里是高原，但仿佛又像江南，水草丰茂，山脉绵长而不险峻。这里自然生长的草，相生相惜的万物生灵，共同滋养着这片纯净的红原大草原，禀赋着生命，实为上帝撒落人间的一串明珠。

步入红原大草原的深处，我们在这纯净的自然风光和古老纯朴的民风民俗中陶醉，在有着源远流长的民族宗教文化的瓦切安多藏式风情村，有一处独具特色的人文景观——瓦切塔林，位于国道 213 线右侧。

▼ 水草丰茂，山脉绵长而不险峻

红原瓦切塔林，有着108座纯黄金塔顶，113座塔，是吉尼斯纪录拥有白塔数量最多的地方。提到红原大草原，不得不提到瓦切塔林，又名瓦切金幡群，它坐落在红原县瓦切乡。瓦切塔林，藏语的意思就是大帐篷，这里有纪念第14世班禅大师诵经祈福的地方。而四周则是一片连绵的经幡，无比壮阔，令人流连忘返于白塔之间。塔林占地30亩，在寂静的傍晚余晖中，在苍穹之下，它充满着神秘，更有一番令人敬仰的威慑力。五彩的经幡在大地和苍穹之间摇曳飘荡，仿佛在诉说着古老的经文。108座佛塔中，凝聚着释迦牟尼的佛教底蕴。我们虽然不是佛教徒，但仍对此充满了敬意。在此，你仿佛感觉到众神就在你的身边，仿佛在注视着你，为你祈福。

▲ 天色渐晚，我们驾车前往若尔盖

▲ 草原内还有长江黄河的分水岭

传说瓦切塔林是藏族英雄格萨尔王，征服了大小列国以后，从邻国向东，前往汉宫，来到瓦切地带，被两个妖魔挡住去路。于是，格萨尔王与两个妖魔展开激烈交战。后来格萨尔王变法将两个妖魔击倒，并用双脚各踩一个，但为了不把妖魔压死，格萨尔王在天神的暗示下，一声长呼，唤来专治妖魔的乌龟天将。为使妖魔永世不得兴起，一大一小乌龟各压一个

▲ 有着浓郁民族特色的唐古特酒店

妖魔，变为两座小山包永驻人间，因那山包好似两座帐篷，人们便将大的山包叫“瓦切”，小的山包叫“瓦穷”。穷，其意为小，随着光阴流逝，逐渐将山包唤作了今天的地名。

傍晚时分，我们来到若尔盖。入住已经提前订好的酒店——唐古特酒店。

若尔盖隶属阿坝藏族羌族自治州。1956 年 7 月建立若尔盖县，若尔盖是四川省通往西北各省区的“北大门”，川西北汉藏文化的“交汇地”，连接川甘青三省的“民族走廊”。若尔盖平均海拔 3500 米，幅员面积 10620 平方公里，是阿坝州面积最大的县。

若尔盖宛如一块镶嵌在川西北边界上瑰丽夺目的绿宝石，是我国三大湿地之一，享有“中国最美高寒湿地草原”和“中国黑颈鹤之乡”的美誉，素有“川西北高原的绿洲”和“云端天堂”之称，被《国家地理杂志》评为“中国最美的湿地”。

若尔盖在我童年时候就听说过，每每听到这三个字，我感觉好神秘、好遥远。那时我父亲一个老朋友的儿子在若尔盖工作，每年难得的探亲假，他总会到我们家来串个门，聊上几句，然后送上一份当地的土特产，是什么物品我忘了，反正都会有一些礼物送到家。若尔盖在我内心是远得和天边齐平的地方，直到现在我才明白何为若尔盖。它就位于青藏高原东部的边缘，在四川省的西北部，东南、正南和西南与九寨沟、松潘、红原和阿坝县相连。它的西面、北面和东面与甘肃省的甘南藏族自治州玛曲、碌曲等县相邻。幅员 1 万多平方千米，下辖 7 镇乡，总人口 8 万余人。1953 年到 1956 年 7 月建立的若尔盖县系县级行政县。若深究它的历史，早在西汉时期，若尔盖地区就属于白马范围，明朝在此设立了土司部，民国时这里属于松潘县。

若尔盖真的好美，今天到此一游，一改以往的印象。原以为若尔盖就是一个荒凉之地，而实际上却是人间乐园。这里地域辽阔，资源丰富，优势非常突出。这里既有黄河九曲第一湾，还有若尔盖大草原，更有降扎温泉，国家级的湿地自然保护区，美景数不胜数。

在我们抵达若尔盖的前一天，中央电视台《新闻联播》还播出了系列报道《江河奔腾看中国》，在报道中感受若尔盖境内的黄河九曲风光湿地保护区。一往无前、奔流到海不复回的黄河，滋养着中华民族。随着节目组的镜头，让我们顺流而下，感受新时代九曲黄河的生机与活力，黄河之水犹如仙女的飘带，自天边缓缓而来，河面宽而蜿蜒曲折，河水分割出无数的河洲小岛，水鸟翔集。这片面积近 3 万平方公里的区域，由草甸草原和沼泽组成，地势平坦，一望无际。目前，若尔盖自然保护区总面积达 58.78 万公顷，国家湿地公园总面积超过 4094 公顷，是黄河上游最重要的水源涵养地。

若尔盖的九曲黄河第一湾，以江河之美映衬着时代之美，以江河之心展现着民族之心。它不仅是壮丽的自然风光，更投射出欣欣向荣的生态发展，是中国繁荣昌盛的缩影。

辽阔的若尔盖大草原让我们深刻地领悟到了江山多娇人多情，难怪每年夏季它都会成为旅游胜地。

▼ 辽阔的若尔盖大草原

# 8. 若尔盖大草原

8 月 14 日，在酒店简单吃过早餐后，我们驱车来到若尔盖大草原。身处一望无际的草地，呼吸着无比清新的空气，嗅到那青青的牧草香味，目睹着牧民们挤奶的温馨场面，仿佛时光都停滞了，自己也回归青春了。

青藏高原东部的若尔盖草原，海拔高度在 3300 米至 3600 米之间，又称为松潘高原。相对于我国中东部的低海拔地区，它是高原，而相对于东边的岷山，南面的邛崃山，西边的果洛山、阿尼玛卿山、西倾山以及北面的西秦岭等山岭，它却处在群山环抱之中，系高原盆地。

▶ 如诗如画若尔盖

▶ 牧民在制作奶酪

▲ 若尔盖大草原上独具特色的民居

若尔盖草原以饲养牦牛、绵羊和马为主，其中的草原东部为纯牧区，当地盛产的唐克马属河曲马品系，是全国三大名马之一，墨洼牦牛也是著名的优良畜种。

若尔盖草原素有“川西北高原绿洲”之称。这里动植物种类繁多，物产丰富，分布有国家湿地保护区、黑颈鹤保护区、梅花鹿保护区，栖息着草原狼、黑颈鹤、白天鹅、藏鸳鸯、白鹳、梅花鹿、小熊猫等大量候鸟和野生动物。这里地势平阔，是黄河上游一些大支流如黑河、白河、贾曲的汇流处，水资源丰沛，光热条件好，因此形成了水草丰茂、适宜放牧的草原。

漫步若尔盖，枕黄河涛声，观日落牧归，共水天一色；卧花湖栈道，看鸥翔鹤舞，任云卷云舒；跨骏马飞身天际，入峡谷探白龙江源，品奶饼、喝酥油茶、吃烤全羊、煮黄河鱼、舞迷人锅庄，如品诗赏画，其乐融融，妙趣无穷。我心中的若尔盖如诗如画。

## 9. 迷人的花湖

花湖旅游区位于若尔盖县西北部的热尔大草原的核心区，面积约 6.7 平方公里，地处国道 213 线旁，距离若尔盖县城 45 公里。若尔盖花湖四周数百亩水草地，形成了高原湿地生物多样化的自然保护区。它那么简单安静，却可以让人久久驻足，这就是妖娆的花湖。它就像一块镶嵌在川西北边界上瑰丽夺目的绿宝石。若尔盖，多美的名字，如诗如画，这里深藏不露壮观的黄河第一湾，那么柔情万种，在连绵起伏的山峦映衬下，让你眼前豁然开朗。面对这山花烂漫的世界，置身于大自然繁茂的花海之中，你会回归童年，不仅享受着花的芬芳，满眼的郁郁葱葱，更令你震撼的是，那顽强的破土而出的生命力，每年花季，都是新生命的循环！美丽的花海，有生命更有灵魂。

人人把好防火关
有备无患保平安

◀ 游人静静地待着，听风吟，看云海，赏花湖

茫茫水草在蓝天白云下铺展开，高原的芦苇随风摇曳，青草时而淹没在碧波里，时而又冒出水面，微风吹来仿佛在向世人弹奏着优美的乐曲。蜿蜒曲折的湖中栈道，人们慢慢地行走着，放飞着心灵。在赤花海里的麻鸭、灰雁等，烟波浩渺的湖水湛蓝，亲切，植物成片，一眼望不到边。黄河之水犹如仙女的飘带，自天边缓缓飘来，轻轻地抚摸了若尔盖这块沃土，忽又转身随风依依不舍缓缓飘向远方。

我们在缓缓地走，慢慢地行，耳畔有牧歌声声，远处缕缕炊烟。大自然天人合一的境地，让我们忘却了旅途的劳顿，身心得到了解脱。花湖是若尔盖湿地国家级自然保护区实验区的一部分，是全国最大的黑颈鹤栖息地。作为黄河上游重要的水源涵养地，花湖每年为黄河补水量达 44 亿立方米左右，占黄河多年平均水流量的 7.58%，是名副其实的黄河天然蓄水池，有中国最美的湿地、中国黑颈鹤之乡等多项美誉，是若尔盖县重点打造的核心旅游区。

沿着栈道走进初秋的花湖，多种鸟儿在空中幸福地飞翔，一对对赤麻鸭在水中嬉戏。碧绿的湿地、草原和岸边风貌在阳光下黄绿相间分明。湖畔水草还未褪去绿油油的草色，在水天相接间，舞动着夏天的尾巴。金黄色水草在风中摇曳，阳光映射在湛蓝的湖面上，显现出道道金光，将整个花湖渲染得五光十色。秋日花湖可谓是一步一景，时而有蒹葭苍苍白露为霜的淡雅，时而有水光潋滟晴方好的明朗，继而是秋水共长天一色的云端梦境。

## 10. 黄河九曲第一湾

当天下午，我们特地来到了黄河九曲第一湾，眼前是我们的母亲河黄河之源。落地的晚霞，辽阔宏大的黄河在这里是如此温柔，婉转曲折奔向远方。河水缓缓，似乎在留恋着什么，回眸着什么，一改黄沙俱下的咆哮场面，柔情万种，美妙无比。傍河而立，你能感受到黄河水的清澈冰凉。《诗经》中用“河水洋洋”“清且涟漪”，在此突然涌上我心头。

黄河全长约 5464 公里，流域面积约 79.5 万平方公里，是中国第二长河，世界第五长河。它发源于青藏高原巴颜喀拉山北麓的卡日曲，呈现几字形，流经青海、四川、甘肃、宁夏、内蒙古、山西、陕西、河南及山东九个省

（区），最后流入渤海。由于流经中国黄土高原，挟带了大量的泥沙，是世界上含沙量最高的河流。在中国历史上，黄河及沿岸流域给人类文明带来了巨大的影响，是中华民族最主要的发源地，中国人称其为“母亲河”。流经四川部分只有 87 公里，其中盛名天下的便是若尔盖唐河镇黄河九曲第一湾。

▲ “黄河九曲第一湾”

藏族人民根据黄河上游的地形、景观等，将上游诸河段取了更有特色的名称，如卡日曲、约古宗列曲、扎曲等。藏语称“河”为“曲”，俗语说：“天下黄河九曲十八湾”，这“九曲”就是唐时对贵德以上黄河段的称呼。黄河首曲所在地玛曲县还是整个黄河流域唯一以“黄河”命名的县城。九曲黄河是中华民族的母亲河，滔滔黄河水哺育了中华儿女，奔腾不息的黄河水负载着这个古老民族对未来的无限希冀与憧憬。千年万载，万载千年，滔天巨浪流不尽黄河儿女炽热的情感，滚滚黄沙飘荡着唱不完的黄土歌谣，九曲河滩盛满了中华民族灿烂的生命光华！我们很难用语言形容内心的震撼，大自然的鬼斧神工令你瞠目结舌。

天已经渐渐暗下来，面对黄河第一湾那种震撼，让我们久久不愿意离开。黄河自青海巴彦喀拉山出发，一路欢歌，流入甘肃后，蜿蜒曲折了 433 公里，形成了黄河第一湾。我实在难以想象黄河是如何由汹涌澎湃、泥沙俱下的状态，变成如此温柔多姿的第一湾。当黄河冲出巴颜喀拉山谷后，一改咆哮千里之势，在阿里马泽山和昔泽山之间绕了 443 公里的大湾，形成了黄河第一湾——玛曲。

玛曲，藏语即黄河的意思。对我们来说，草原是如此神秘和美丽，当我踏上这片黄河滩时，无论我怎么想象，都找不到准确的词语表达我内心的激动。尤其是当我登上黄河第一湾旁的山顶，俯瞰脚下的黄河第一湾，它是那么柔美，那么静静地往前流淌。在晚霞的辉映下，它分明就像一条漂亮的金色飘带，向我们舞动着多情的姿态。此刻，我的眼泪禁不住溢出眼眶。在高原，我看到羊群在慢悠悠地往家走。我看到了远处袅袅升起的炊烟，我似乎听见了家的召唤。黄河那低低的吟唱声，让藏区辽阔的大地上增添了几多神秘。黄河是那么浩荡、那么无瑕，那么汹涌澎湃地奔向远方，这就是我们的母亲河。默默地、无私地养育着我们。我坐在黄河第一湾旁的山头上，久久地、久久地凝望着远方，直到完全看不见，我们才慢慢地

▼ 了不起的“九曲黄河第一湾”

往山下走。

夜深我靠在床头，脑海中仍然是那落日余晖照耀下的九曲黄河第一湾，它给我很多的人生启迪。让我感到大道至简，人生一如黄河，有汹涌澎湃之时，亦有温柔宁静之刻。在脑海里，我感觉野花就开放在我的内心，让我的身心都回归了自然。在香甜的梦乡，我还沉浸在黄河第一湾的美景中，仿佛自己又站到了黄河边上，手捧清水，让它紧紧贴在脸庞上，好清爽好清爽！

▲ 我梦境中的黄河第一湾

▲ 生意火爆的藏家乐

梦境中，我一步步走上山顶，又一步步从山顶走下来，这就是人生，每一步都要走踏实，坚持用脚印一步一步地去丈量，只有不畏艰险，才能达到人生的顶峰，这便是我梦境中的第一湾。

从黄河九曲第一湾景区归来，已是饥肠辘辘，寻了一家还不错的饭店，准备饱餐一顿。这边有很多特色的食物：手抓羊肉、藏香猪肉、人参果、奶饼、酥油茶、牦牛肉、烤全羊、和尚包子、黄河鱼、酸奶等等，一般在当地的藏家乐就可以品尝到。这些西北风味的食物令人大快朵颐，饭后便上楼休息，开始计划明天的行程了。

▲ 悠闲的牛群挡住了急于赶路的车辆

次日清晨，我们继续前行。路上偶遇两兄妹正在放牛，我们在车上看着他们稚嫩而娴熟的动作，仿佛在看一场大戏。两兄妹放养着的牛，有牛妈妈，牛宝宝，还有许多茁壮的牛犊子。哥哥和妹妹分别骑在马上，黝黑的皮肤，单薄的身板，却用很大的嗓门在不停地吆喝着，赶着牛往前走，但牛就是走得很慢很慢的。于是过往的车辆都没有脾气，只得慢慢地跟着缓行。蓝天白云下，大草原、青青的山脉伴着两兄妹，好美好鲜活的图景。尤其是

▲ 辽阔的草原上牦牛成群

兄妹俩那稚气而略带抱歉的眼神，更让人留下难忘的印象。

若尔盖草原，如诗如画映入眼帘，那绿油油的牧草，还有那一群群牦牛以及流淌的黄河。勤劳的藏、羌、回、汉民族共同缔造了若尔盖，如仙境般的超脱。

途经阿坝县中部的加油站，在这里加油是需要看驾驶证、行车证，还要刷健康码，并且还会仔细地盘查。防疫人员说是因为前些日子从海南高风险封控区过来了人，所以政府规定要严查，看有没有隐瞒行程的来客。这就是疫情期间行车的乐趣和令人难忘的经历。

▼ 疫情防控检查证明

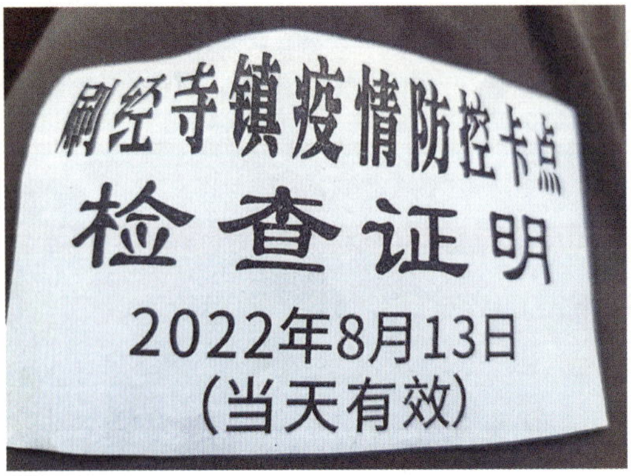

CHAPTER 3

# 大　美　青　海

## 1. 初入青海

8 月 15 日，我们正式进入了青海境内。我们极度兴奋，感叹于青海壮丽的自然与独特的人文生态，高原上的每一天都是全新的。当踏上这条路时，高原之美，便蕴藏于这一路的山脉、草原和湖泊中，我们一丝一毫都没有想到，进去青海容易，出来难啊。在青海，我们直到 9 月 29 日才离开，想都没有想到会一封 1 个半月，最终仓促离开，那是后话了。

青海位于中国西部，雄踞世界屋脊青藏高原的东北部，是中国青藏高原上的重要省份之一，简称青，省会为西宁，境内山脉高耸，地形多样，河流纵横，湖泊棋布。昆仑山横贯中部，唐古拉山耸立峙于南，祁连山矗立于北，茫茫草原起伏绵延，柴达木盆地浩瀚无限。长江、黄河之源头在青海，中国最大的内陆高原咸水湖也在青海，因此而得名“青海”。

▲ 青海的高速路上很难见到一辆车

青海与甘肃、四川、西藏、新疆接壤，辖西宁市、海东市两个地级市和玉树藏族自治州、海西州、海北州、海南州、黄南州、果洛州等 6 个民族自治州，共 48 个县级行政单位。青海省有藏族、回族、蒙古族、土族、撒拉族等 43 个少数民族，全省共有常住人口 500 多万人。青海有着“世界屋脊”的美称。青海东部素有“天河锁钥”“海藏咽喉”“金城屏障”“西域之冲”和“玉塞咽喉”等称谓，是长江、黄河、澜沧江的发源地，被誉为“三江源”“江河源头”“中华水塔”。青海省地处青藏高原东北部，青海的地形大势是盆地、高山和河谷相间分布的高原。它是“世界屋脊”青藏高原的一部分。

进入青海境内便是笔直的高速路，路上几乎没有车辆，路边的加油站也是关门闭户，似乎封闭好些日子了。每个加油站都贴有启事，即“疫情期间不再营业”，没有油，南来北往的车又如何前行呢？

晚上，我们到达青海果洛州玛沁，入住玛央国际酒店。玛沁是青海省的边缘城市，外来人很少，犹如养在深闺人未识的美女。玛沁县，是青海果洛藏族自治州州府所在地，地处青海省东南部，果洛藏族自治州东北部，系国家级“三江源”生态保护区。全县总面积 1.34 万平方公里，其中草场面积 1763.62 万亩，可利用草场面积 1628.01 万亩，占草场面积的 92.3%，属典型的高原山地类型，平均海拔 4100 米以上。

▶ 离开四川进入青海收费站

我们抵达玛沁县时，深感此城的疏朗、安逸与悠闲。我惊叹它的大度，我有种直觉，玛沁属于未来，是阿尼玛卿雪山赋予了它神性，养育了性格粗犷的玛沁人。虽说才是下午5点半，但天气却是昏沉的。刚下过雨，周边的人几乎穿的都是厚厚的秋衣，有的还会套上厚毛衣。虽说农历七月，正值炎热季节，但这儿却清凉得很。山上的绿色已颜色变深，四处可见就是矮矮的平砖房，还有那黄顶红墙的寺庙，纯纯的青海特色。

翻开地图，可以清晰地看到，曾几何时，不同民族，不同文化在此碰撞，构建了独特的跨文化"中间地带"，然而，我们却知之甚少，中国的西部长卷，值得我们融入和品鉴。

▼ 玛沁县碧草如茵，天高云淡

## 2. 格萨尔广场

玛沁虽地处甘南，但仍是一座被大山环抱的城市，其夏天和秋天特别短暂，我们8月到此，是一年中最舒适的季节。浩浩黄河，对玛沁也情有独钟，它从玛沁西边和南边的玛多县等地流过，转了一个圈，又从玛沁的东北部昂首北去。

晚上8点多，我们无意间来到了玛沁县城中心的格萨尔广场。广场并不是很大，但人声鼎沸，载歌载舞。灯光不是很明亮，只是能大概看得清人脸。这是欢乐的海洋，让我也忘乎所以，老夫聊发少年狂，手也舞，足也蹈。虽然我不懂什么锅庄舞，只是合着节拍跟着他们比画着，但内心好愉快。什么疫情，什么新冠，通通丢在了脑后。快乐浸泡着我们每一个人，从内心发散出来的笑容荡漾在脸上。格萨尔广场民族味儿很浓郁，广场中心矗立着威武的格萨尔塑像，这里是康巴之地，曾经的格萨尔世界。广场上，年轻人去掉了白天的工装，跳着欢快的锅庄舞，忘了一天的疲惫。“锅庄”一词由来已久，是“卓舞”的俗称，“卓”是藏语的译音。根据昌都县锅庄的歌词和民间的传说分析，卓舞这个民间古老的舞蹈形式，早在吐蕃时期就存在了。卓舞早期与西藏奴隶社会和盟誓活动有关，后来逐步演变成为歌舞结合、载歌载舞的圆圈歌舞形式。《清史稿·乐志》音译为“郭庄”，近代有称“歌庄”。赵尔丰等撰写的《清史稿》记有“高宗平定金川，获其乐日大锅庄司舞十人，每两人相携而舞，一服蟒袍、戴翎、挂珠、斜披黄蓝二带，交加十字”。这种对藏区锅庄的描述，解放初期尚见于昌都的寺庙锅庄。《卫藏通志》认为“锅庄”是围着支锅石桩而舞的意思，《西

◀ 格萨尔广场上，百姓载歌载舞

藏舞蹈概说》记载：以前的康定一带，晚上老百姓往往在院内空地垒石支锅、熬茶抓糌粑，茶余饭后不时围着火塘唱歌跳舞，以驱一天的劳累与疲乏，保持旺盛的精力，适应恶劣环境。

锅庄舞包含着丰富的藏族文化内涵，形式完整多样，地域特色鲜明，民族风格浓郁，有深厚的群众基础，其中蕴含着友爱、团结等传统的人文精神，有较高的艺术和社会价值。

广场有卖小吃和装饰品的小商贩，我移不开脚步，林林总总的小玩意儿勾起我的好奇心，唤醒我童年的记忆。我兴奋地问这问那，在我买帽子时，我家先生悄悄给我买了一只棉花糖，他知道我爱吃甜食，我轻轻地抿一口，甜在嘴上，更暖在心里。

看着大家欢快地跳着锅庄舞，一时兴起，我也加入其中。这个时候老伴的作用就显现了，包包、帽子全挂到了他身上，看着不免有些滑稽，更有几多甜蜜。悄悄地，我给他拍了张照。整个晚上我都在广场跟着学跳锅庄舞，旅途的疲惫顿抛九霄云外。在这里，好生快活，仿佛回到了年轻的时光，夜已深，我俩方才边说边笑地回到了宾馆。

▲ 童趣

▲ 身负重担的程先生

## 3. 都兰县沟里服务区

2022 年 8 月 16 日，我们在酒店吃过早餐，继续踏上旅程，目的地是茶卡盐湖，准备在当地住一晚，然后第二天去格尔木。通过查资料我得知，“茶卡”是藏语，意即盐池，据说茶卡盐湖四周雪山环绕，平静的湖面像镜子一样，反射着美丽的令人陶醉的天空景色，被誉为“中国的天空之镜”，茶卡盐湖是我们夫妻俩早就想去的地方。

我们告别了果洛玛沁县宁静美好的清晨，驱车看着窗外和煦的阳光，湛蓝的天空映照着远处雾蒙蒙的青山，山顶总有一层薄薄的雾罩着。玛沁清晨的街上很宁静，没有什么行人，只是偶尔有农用拖拉机驶过，颇有些穿越时光隧道的感觉。

道路两边的房屋不高，双砖墙堆砌而成，防寒保暖。街道整洁划一，高高的路灯，还有同样的门脸，以及流动人口不多的街景，让人仿佛又回到计划经济的年代。

▼ 今日阳光明媚，道路上没有一辆车

从玛沁县城出发，经几公里便道，向西进入德马高速。今天的天气很好，道路上没有车辆，显得更加孤寂，车窗外的风景令人叫绝，没有一丝微风，纯净的天空白云朵朵，远离了城市喧嚣和热浪，一切是那么安静祥和。行驶在德马高速，有许多未体验过的奇观：一是车行冻土带，远远望去路面总是湿漉漉的，仿佛刚被人浇过水，从视角上看路面似波

▲ 湛蓝的天空

▲ 玛沁县整齐划一的街道

▼ 高速上壮美的沿途风光

浪起伏，使车辆颠簸厉害。二是跨越海拔 4445 米的挞卓依垭口，海拔高，却没有缺氧的感觉，而是让人越走越精神，大概是窗外的壮美景色分散了我们的注意力。三是人烟稀少，难见几户人家，加之一路上我们几乎没有遇到过往车辆，更显这条高速路直达天边。

行驶途中，我们不知不觉来到了青海沟里服务区。没承想，这里是我们此行最重要的转折点，是我们真实人生中最难以忘怀的体验和履历。沟里加油站好安静，大白天没有一个人，没有一辆车，完全就像一个孤零零的世外桃源。蓝天下“沟里服务区”五个大字分外耀眼，可是这里异常冷清。让我们感到很好奇，不知道这便是疫情特殊时期封控造成的。我们下车后，左右转了一圈，才发现这里的人都已撤退，偌大的沟里加油站只有我们一辆车及我俩。

▼ 最重要的转折点——沟里服务区

今天是 2022 年 8 月 16 日，这一天为我们的旅程划分了前期和后期，给我们的旅游生活增添了无法磨灭的体验，以后的岁月这样的体验恐怕再也不会有了。

服务区里没有任何服务，还好，有一壶热水。于是，我们便在这里开始准备自己“丰盛”的午餐——方便面。这从未有过的体验，便也是一次“西行取经”路上的考验。在我们临走时，蹿出一位老头，我们不禁好奇地问：“这儿怎么会没有人，你是这里的工作人员吗？”

▲ 空荡荡的停车场

他说："青海出现了疫情，谁还敢来？大家都回家了，加油站也封了好些日子了，过路车未加上一滴油，最后他们怎么解决的，我也不知道。"他无奈地说，他是这里烧开水的，今天过来拿点东西，马上就走了。

人们都在躲避瘟疫，剩下偌大的加油站。如果说房屋能说话，它们会面对着黄土山峦大声呐喊："何苦如此！"

离开沟里服务区，上车出发之际，我又望了望空荡荡的停车场，我能想象往日的热闹，如今连鸟都没有，冷清得令人心生寒意。人到七十古来稀，我们没见过这样的场面，若这只是开始，那往后的路会好难好难。

▲ 一路跌跌撞撞，终于抵达格尔木收费站

## 4. 奔赴格尔木

本意前往茶卡盐湖，但疫情原因，它和众多旅游景点一样——封闭。于是我们夫妇俩只得改道直奔格尔木投宿。

前往格尔木的路上，路是好路，天气是好天气，好山好水，却实在是好寂寞。到达的每一个加油

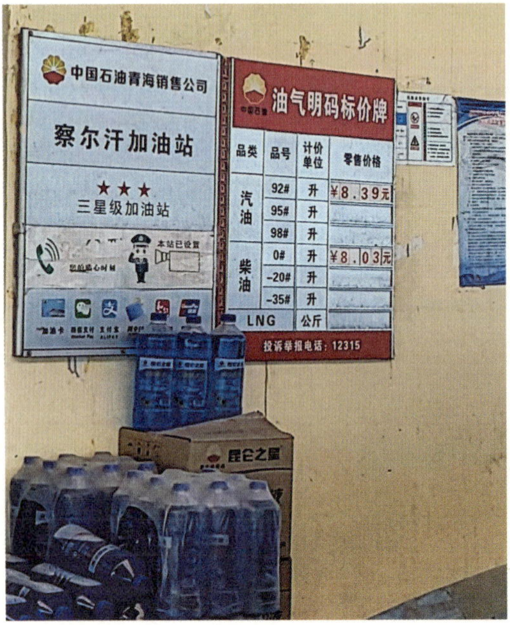


◀ 路途中唯一能够提供补给的加油站

站都是封闭的，虽有几辆停靠的大货车，因为无油可加，只得停放于此。所有的服务区里仍然是没有人，人们都静默在家里，我们没有这样的经历，亦无任何思想准备，只想一心向前，不知道往后会怎么样，面对现状，心里忐忑不安。

我们起得早，一路上也没有休息，下午 5 点多钟到达了格尔木东。车刚停下，就被一群穿白大褂的人围上来“劝返”。他们告诉我们说：“格尔木今天封闭了，不许进来，也不许出去。”我们怎么申诉和请求进城，都不行。我着急地说：“我们年龄大了，不能再往前走了。地处荒野，茫茫戈壁，身体有个三长两短怎么办？”

老程也说：“我们就今晚休整一晚，明天就离开，可以吗？”

但得到的回答都是：“不行。”最后天色已渐黑，见他们不肯放我们通关，便问：“那我们两个老人应该去哪儿投宿？”

这时候，一个好心民警走了过来，给我们指了条路，说是大柴旦可以去。于是我们只得紧急掉转车头，即刻出发，欲在天黑之前投宿大柴旦。

▼ 中间一条笔直的路仿佛通到了天边

## 5. 风沙黑夜闯茫崖

好不容易赶到大柴旦，天已黑透了，可是万万没有想到的是，仍然县门紧闭。我们万分沮丧，茫茫戈壁，几百里地荒无人烟，何处安身？从来没有沙漠旅游经验的我们，完全不知道往后的路怎么走，要知道西北和南方完全不一样，在南方过了这个村还有下个店，总之不管怎么样都能找到能喝口水的地方。但现在身处大西北，茫茫戈壁沙漠，几百公里无人烟，飞沙走石，天气恶劣，完全不是我们能驾驭的。我们也只能硬着头皮往前开，前方几百里地，还有个茫崖市。

绝处逢生，好不容易找到了一个加油站，可加油站压根没有 95 号汽油，只能勉强加 92 号汽油继续前行。我们从新闻里得知，目前新疆的疫情不断，一些地方实行静态管理，不接受外来人员。而我们现在只能关心晚上能否有落脚点。黑夜，饥困交加，我俩是七旬老人，完全无助，只能相互安慰

▼ 加油站的工作人员都穿上了防护服

着对方，既来之则安之，一切交给上帝安排。

其实仔细想想，我们也不是第一次遇到“劝返”了，两年前在海南文昌，我们就遇到过“劝返”。那时候我们从海口出发去文昌，遇到这个情况丝毫不在意，想着返回就返回吧，回家的路程又不远。可这一次，周围没有任何的食宿点，我们的精神和精力都大不如前，难以支撑。这呼啸的风和茫茫的沙漠，一望无际的戈壁，我们该去向何方。北京的朋友韩老师很紧张地在电话中叮嘱我们：“千万别在路边过久停留呀，除了有动物，可能还有未知的不怀好意的人，搞不好遇上抢劫，你们两位老人太危险了。”

没有任何路可走，我们只能紧张地摸索着驱车前行，何处是归程，我们心中完全无底。两边是荒芜的沙漠，中间一条笔直的路仿佛通到天边，看那细细的一条线，就像一个惊叹号，希望它能够通向我们想要抵达的彼岸，现在只需一张床。我在内心告诉自己，人生不就如此吗，难免会有难

▼ 一路上只有大货车

以预测的前路，周围没有任何援手，此时只有靠自己咬牙坚持下去，才能看到胜利的曙光。今天我们在抗争，我们夫妇俩祈祷好运，但会不会有好运到来，我们自己也说不清，只能调整好情绪来抚平内心的恐惧。

在这个荒凉之地，突然接到身在北京儿子的电话，他非常着急地说：“不行，你们现在的处境太危险了，花很多钱又不安全，干脆返回吧。”

我坚定地说：“不甘心啊，开弓没有回头箭，我们都已经到了青海的边上，马上要跨界进疆了。”

他问：“那今天晚上怎么办？”

我无奈地说：“今天晚上看能不能有住处，如果没住处，那也就只能在车上睡了。”

他马上很焦急地说：“你们记住，千万不能在路边住，可能会遇到坏人，要注意安全啊。”他又接着说：“实在不行，你们就在加油站住，反正要有人烟，有关照的地方。”

他再三强调，最后还认真地叮嘱我们：“千万别相信任何人。”

真的太暖心了，有这种来自远方的牵挂。

在加油站加满油，我们重新上路。漫漫行程，迎着疫情，逆流而上，实属探险，这样的经历对于我们来说弥足珍贵。遥想当年当知青时，生活十分艰难，不也挺过来了。人生便是如此，一路难一路行。

一路上未见一辆小车，只有时不时见到一辆辆大货车，在吃力地前行。沿途没有村庄，没有人烟，最近的城市茫崖距离我们还有 4 个多小时的车程。而现在已经是晚上 8 点了，我们这是挑战极限，尤其是我家老程，一天近 17 个小时的行车，从早上 6 点多出发，到现在的晚上 8 点还要向前 4 个多小时。就算年轻人都受不了，何况是一个古稀之人，还好他曾是歼 6 战斗机飞行员，多年的训练使他的身子骨很硬朗。此时经历是在考验着我们夫妇俩，也是对我们的人生进行极限拉练。

虽说茫崖是在我们计划之外，恕我的浅薄，此前，我根本不知有此城市。茫崖市成立于 2018 年 12 月，是中国最孤独的城市，人口不过 6 万余人，其中大多是石油工人。这是一座洗心润肺的城市，这是一座来过就难以忘怀的城市，它的整个格局以及它的人流仿佛与这个沸腾的时代是脱节的，但它以自己的淳朴让你心动，它以自己的清纯让你留念。当清晨我最后离开茫崖，回望这一切，我的眼眶湿润了。安静的城市，淳朴的市民，这里没有更多的车辆，路上也没有更多的行人，在这里，我们消磨了一个半月，在这里遇到的都是令人回味的美好的人和事物。在防疫期间，是茫崖收留了我们，我们在这里度过的日日夜夜，都是那么难以忘怀。

## 6. 千辛万苦到茫崖

2022 年 8 月 16 日，这原本就是一个普通的日子，但对于我们夫妇俩来说，却是终生难忘。我们早晨从青海省果洛藏族自治州玛沁县出发，一路上风景如画，时不时看到一群群肥硕的牛羊，我们会不自觉地停下车来，久久驻足不愿离去。看着这天底下的精灵，尤其在大西北广袤的土地上，更是令人欢喜不已。因为原本我们就很喜欢动物，尤其在这绿草如茵的大草原上，在非常辽阔的大西北的土地上，一群群的牛羊更显得那么吸引人。这里的牛羊群比前段时间我们在四川看到的要瘦弱一些，但更加野性，可能是因为没有那边的草美水美。越往西北方向走，就越会受气候的影响，道路两旁最大的特征是能看到一些寺庙，车子越往前走，绿色的植被越来越少，被黄色的、深褐色的山脉所代替。山形不高，连绵不断，渐渐地就没有了绿色，取而代之的是一片片的盐碱地和一眼望不到边的沙漠。总之，越往前走，越感到路难行。天之大地之阔，有时会让你胆怯，让你觉得自己渺小。这就是大自然，它呈现出不同的景象让你变换着不同的心境，也许这就是读万卷书、行万里路的奥秘。

在西北一路走来，我们感觉到防疫人员极其认真负责，防疫成了一道无法回避的警戒线。西北的防控好严格，不多远，便有一个哨卡，尽管是地广人稀，但防疫是异常严苛。辛苦的防疫人员认真盘查着过往的车辆和人员，仔细盘查和检查健康码、核酸码和通行码，不容有一丝错漏。尤其到了一些大的关口，还会进行红管管、白签签的落地检，否则他们是有连带责任的，所以防疫非常严格，不可能让你蒙混过关。每一个哨卡会发给你一张纸条，代表通行证。这些都还好说，最致命的是一路上为了杜绝外来车辆和人流，几乎关闭了所有加油站。因而在所有关卡前，都会堵着长长的货车，因为封控不让进去，城里的也不让出来，车又无油，这就是疫情期间的常态！在这样的困境下，你才能真的体会，人是需要一点精神的，如果不是精神力量的支撑，面对如此严峻的防疫管控，我们俩可能早就趴下了。

8月16日，从清晨到次日凌晨，我们都没有找到落脚点。8月17日，距离我们要投宿的茫崖市还有一个多小时的车程，这可不是一般的艰难，这是在戈壁和沙漠之中，朔风猎猎，飞沙走石，就像《西游记》上唐僧西天取经的场面。我们从青海的东面玛沁县马不停蹄地赶到青海的西面茫崖市，看看车上的显示，已经行驶了1300多公里。我们一天没怎么吃东西，只是在青海“沟里加油站”停下吃了一包方便面而已。

这一天，天气阴凉，没有星星，路上黑漆漆的，茫茫大戈壁，没有路灯，更谈不上有房屋。平生没有走过如此黑寂的沙漠公路，那是一眼望不到头的沉寂的大地，仿佛直通天尽头。这一路上，虽说我俩在互相鼓励，努力谈着一些趣事，但真实心情是彼此都非常忐忑。我们这一路过来的状况不太好，不知道茫崖是不是同样封城。如果这样，那在茫茫戈壁，我们怎么办？现在我们走投无路，只能硬着头皮往前闯。

越接近茫崖越难行，我们的车行走在坑坑洼洼的沙漠地段，像摆船一样慢悠悠、颠来簸去的。315国道，这几百里地没有人烟，更没有休息之处。狂风骤起，连车门都推不开，风横着就扫过来了。还好我们的车是奔驰商务车，如果是小的铁皮车，可能会吹得飘起来，对面过来的大车开得很快，

▶ 大量车辆停在关口前，依次接受工作人员的疫情防控检查

也急于要找到夜晚的投宿地，我们小心翼翼地把握着方向盘，生怕发生交通事故。

大车冲过来，我们冲过去，其间充满了险情，还好老程的驾驶技术好，毕竟曾是开战斗机的飞行员，反应敏捷、宝刀未老，若是一般人，很难坚持下来。远远地，我看见前面又在开始检查了，说明离目的地不远了，难怪四周有许多被防疫人员劝返的车辆。轮到我们，在检查完“三码”后，他们还是那句答复“不让入内”。这大西北，让我们明白什么叫“一刀切”，这样的经历以后不会再有了。疫情期间如此做，也是为了人民的生命安全，大家责无旁贷地要配合。进不了城，无路可退。

我焦急地问防疫人员：“我们是老人，能通融让我们进城吗？并且我们的三码都是绿的，是符合条件的。”

对方果断地说：“不行。”

老程接着说：“我们身体不好，血压也高，需要休息了。”

不管我们怎么求情，守关的人还是一句话：“不行，这是上面的政策，谁也不让进。”唉，茫崖就在眼前，对我们来说却仿佛远在天边。

旁边另一位防疫人员接话说：“我们茫崖太小了，如果你们带着病毒进来，我们没法收拾。”

我有些生气地说：“这四周都是戈壁滩，我们退到哪里去？”

他们用一种不容商量的语气说：“反正不让进，这是上面的命令。”

说了差不多半小时，我最后逼急了，把身上的政府工作证掏出来说：“我们也是退休的公务员，我们知道政府的要求，也明白配合的义务，但我们 70 岁了，身体状态也不行了，这是客观情况。今天我们已经开了 1300 里地，既然走到了这儿，还请你们通融。”

这时候，一位好心的民警过来对我们说：“你们联系宾馆了吗？”

我说：“没有。”

他接着问：“那你们想怎么办？”

我接着说：“只要让我们进去，我们在车上住也行，因为我们需要加油，需要喝水，需要一点食品，我们真的动不了啦。”

他见我们一直不走，听了我们的回答，愣了一下，拨通了宾馆的电话。问对方是否还有住的房间，对方回答说：“有。但得先到社区报备，社区同意入住，并开出通行单，我们才能接待。”

## 7. 入住茫崖

民警放下电话，我松了一口气，终于找到落脚的地方了。按照他们的指点，我俩通过了关卡，进入了城门。按照他们所说的方位我俩找到了社区。

就在此社区进口的左边，一个小小的窗户，透出来的灯光让我们备感温馨，这就是茫崖市团结湖社区。窗口前有三个人在排队，我赶紧排在后面，随意打听一下，知道他们是从河南过来探亲的，准备住两天，然后接小孩回河南。这个当然是不可以拒绝的理由，因为他们都是本地的居民，而且他们还有接待地的社区证明，跟我们不一样。难怪在入口时，问我们有没有宾馆和住的地方。

等了 40 分钟左右，终于轮到我们了，窗口里的工作人员认真地看完我们的证件和通行码，此时已经是 8 月 17 日凌晨两点了。他们问得非常仔细，毕竟这是最后一道关键的关卡了。不知过了多久，他们终于在通行条盖上红印，指明我们入住金坤大酒店。捧着这张纸条，我们如获至宝，犹如在沙漠中寻到了绿洲。临走之际，一位工作人员叫住了我们，提醒我们要每天做核酸，我们连声答应："好的好的。"

茫崖是我们意料之外的住宿地，却与我们的生命结下了深深的缘分。茫崖原本就是一个蛮荒之地，只是因为有了石油，它的身价发生了质的变化，主要的居民是石油大军，这里随处可见身穿红色工装的石油工人。在各地疫情暴发时期，这座城市确实很安静，没有一例"黄码"，更谈不上"红码"。按照上级指示，还要严肃认真执行封控政策。

我又认真查询了地理资料，茫崖虽然小，却是连接西藏、甘肃和新疆的中心点，就像被包围在红色的火焰中。正如工作人员所说，茫崖的医疗条件很差，只有一家医院，因此必须严防死守。如果有一个人被感染，可能就会全军覆没，城市就会"沦陷"。

我们深一脚浅一脚地来到了金坤宾馆，酒店前台工作人员提醒我们说："市里有联合队，随时会到各宾馆清查。如果没有通行条，而宾馆收留了你们，那宾馆便会被查封，并且要追究当事人的责任。"

从团结路到宾馆，我们还是先去做核酸，才能到宾馆办理入住手续。做核酸的地方是在一个他们认为的大广场，而我们看来也就是一个小坝子，黑灯瞎火转了好几圈，才找到这个 24 小时可以做核酸的地方。

这里微弱的灯光，临时搭建的棚子，防疫人员 24 小时在这里守候着，不辞辛劳地坚守在防疫第一线，令人敬佩不已。做完核酸后，我们如释重负，

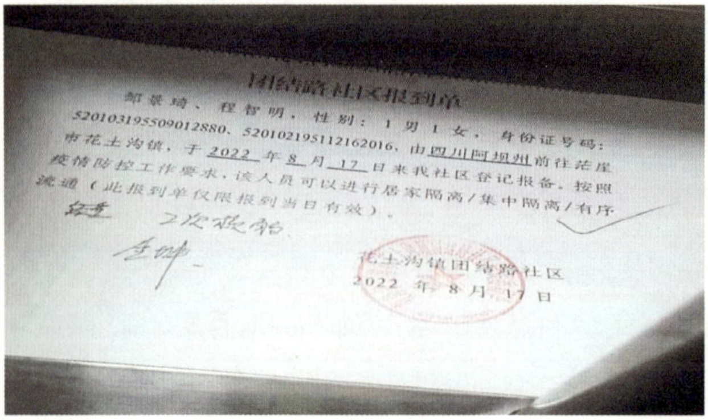
团结路社区报到单
邹景琦、程智明，性别：1男1女，身份证号码：520103195509012880、520102195112162016，由四川阿坝州前往茫崖市花土沟镇，于2022年8月17日来我社区登记报备。按照疫情防控工作要求，该人员可以进行居家隔离/集中隔离/有序流通（此报到单仅限报到当日有效）。
花土沟镇团结路社区
2022年8月17日

▲ 这张条就是“救命”的通行证

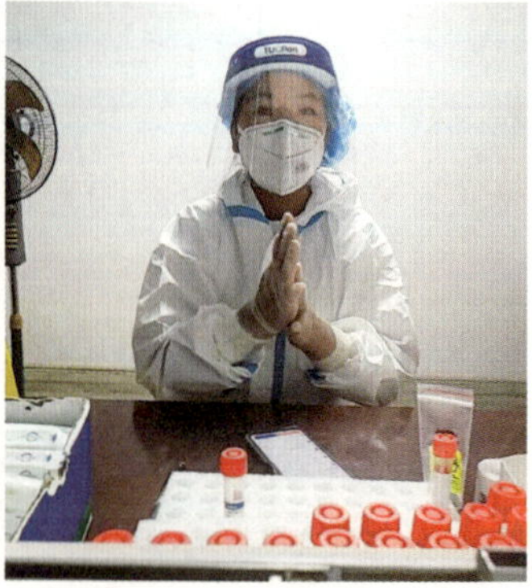

▲ 深夜的防疫人员

来到了临时的家——金坤大酒店。

入住宾馆，找到了归属地，我们的心才放下。我伫立在窗口，望着窗前低矮的房屋，一眼便能望到茫茫的戈壁和围绕戈壁的山脉，这便是茫崖。这座在 2022 年 8 月 17 日以前完全不知道的城市，现在却成为我们温暖的家。

次日上午，我们俩开车到市区熟悉环境。上午 11 点，原本该是人气正旺的时候，却很难在街上看见人和车。毕竟在茫崖，方圆四五百里都没有成建制的城市，也没有村庄，它孤独无援地处在戈壁滩的中心，真是十足的“世外桃源”。

▼ 我们在茫崖临时的家——金坤大酒店

▼ 干净整洁的房间

在茫崖的每一天，我们上午的任务便是做核酸，中午因为不能堂食，便会到饮食店打包回宾馆吃；下午又到街上去溜达一下，打听消息，盼望着新疆早日开封。我们每天都走着同样的街道，因为茫崖毕竟太小了，主街道也不过那几条。恐怕是心态的原因吧，每天我们总会发现一些美的地方和事物，我们都会被一些细节所感动。

在茫崖宾馆，我们认识了一位电工老刘，他是退役的老兵，在茫崖宾馆已经工作了三四年。他听说老程是老飞行员，激动地握着老程的手，直呼“老班长”。他热情地告诉我们，他来自何方以及未来的打算：“再有两年，我就要回到河南老家了。”

他对我们说：“茫崖是个好地方，这里的人都规矩，你的东西哪怕放到路边，也不会有人去拿，社会治安好极了。”他还说，“你想一想，就算有人犯罪也跑不出去，这方圆几百里地的戈壁滩，他往哪里跑？这道天然屏障，为茫崖杜绝了许多犯罪的发生。”

走在茫崖街上，最令我们惊讶的是，此地对疫情严肃认真的防控。一条街上就有好些个店铺贴上了封条，并且通往外面的条条路口都用大铁皮给封上了，只剩下前些天我们进来的那唯一的进出口，杜绝人员流动，也就在物理上杜绝了病毒的传播。

▼ 茫崖的街上很难看见人和车

▲ “居家隔离 共渡难关”　　▲ 茫崖被封的路口之一

对这座城市，渐渐地熟悉了，我们知道金坤酒店是茫崖的名片，它的旁边就是市政府。在金坤酒店，我们还认识了楼下开小餐馆的小琼，她是湖南娄底人，到这里三年有余，她跟她的厨师一起固守在茫崖。我问她：“为什么不回去？”

她笑嘻嘻地说：“我要挣钱吃饭，租金我都提前交了，我还是挣一天算一天吧。”

▼ 酒店远景

她期盼着能够通过开店挣回一点点本钱，看着她苦哈哈的样子，我便决定每天在她那里订饭，她也会定时给我们送到酒店。今天中午，我们点了一个排骨炖藕，还点了一份鱼。她略带歉意地说：“阿姨，封城以后这里没有活鱼，

▲ 没有车来车往，路显得很空阔

只有排骨。”同时她还说，“有些新鲜蔬菜，比如胡萝卜、蒜薹等，我给你用肉炒一份。”

我说：“好啊，谢谢啊。”

她笑着对我们说：“有你们在，我总算有了一点点收入了。”

每次送饭我们都会闲聊一会儿。她告诉我们，她的顾客多是石油工人，因为茫崖本地人的工资不高，也只有石油工人才有经济实力上馆子。这里大多是小饮食店、小摊铺、小超市。疫情期间，有一半的店铺已经关掉了。一天，她突然跟我说：“阿姨，今天晚上到我店里吃饭。”我很好奇，问她：“为什么？”她说：“你不是喜欢吃鱼吗？我弄到了一条挺大的鱼，我们分享吧。”

我怕她麻烦，便推辞说：“不用了，不用了，谢谢你。”

她很恳切地说：“真的没关系，我们很愿意跟你们在一起交谈，多长些见识。在这里难得遇到外地来的人，你们让我们知道了外面的世界有多精彩。”

于是不由我们分说，她接着说：“今天 6 点钟，我从后门出来接你们，前门不让开。”她拉着我的手说，“阿姨，你们就像我们的长辈，不要介意，真的不麻烦的。”

临走时，她还告诉我们：“我还把宾馆的电工老刘叫上一起吃饭。”

晚上 6 点，她来到宾馆接我们，绕过小院，进入她小吃店隐秘的后门，灯也不敢明晃晃开，而是在一个角落开了一盏小灯。虽说有些昏暗，但在疫情中，这浓浓的情意温暖着我们。尽管是初相识，但大家像老朋友一样坐在一起，在疫情肆虐的大环境里，在特殊的时段，这真是别有一番滋味在心头。

桌子的中间放着红烧好的鱼，周围还配了几个菜，油炸花生米、凉拌黄瓜、青椒肉丝，还有当地人都爱吃的土豆片。我们也特意准备了一瓶从贵州茅台镇带来的土酒，还有在门口熟食店买的卤菜。老刘则带来了一大包馒头和包子，说是在附近店铺买的。我们快快乐乐地凑在一起，开始了我们的晚餐。大家从自己的家庭，从对疫情的看法聊到了心中的苦闷。小琼说：“疫情过后，我要大展宏图，把这些年损失的钱挣回来，否则我真的快撑不住了，已经跟我的亲戚借了好些钱了。”

与她坚守茫崖的，同是湖南娄底籍的厨师，在旁边喝着闷酒，抽着烟，时不时会插上几句话，他说：“现在虽然苦一点，但全国人民都这样，熬一熬吧。”令人难以忘怀的晚餐。人，就是如此，酒逢知己千杯少。

电工刘师傅有些激动地说：“你们两位大哥大姐都是北京来的，对我们这么好，还把我们当朋友看，我们不敢当啊。什么时候解封了，能够到我河南新乡老家玩一玩，我特别欢迎你们。”

老程也很开心，像小孩似的连声说：“好的好的。”酒过三巡，老程动情地说到了当年开飞机的趣事，说到了开战斗机是怎么回事，也说到了他的那些战友。我们是舒心的酒千杯不醉，真实的感情自然流露，心与心是相通的，他乡逢知己好开心。老程一边喝着酒，一边说出我们俩最迫切的想法。他说：“我们等在茫崖，就是期盼新疆解封，我要回到新疆看我的战友。在新疆 8 年，年轻时光恍如昨日，可是 50 多年过去了，我再不回去，我怕有一天没法驾车长途，想去都去不了啦。”老程沉默了片刻，有些伤感地说，“我的好些战友已经离开了，我现在虽是老了，但更珍惜那份青春的岁月，想我的战友们，哪怕是梦里也常常回到新疆。”我看着喝酒喝得脸红扑扑的老程，如今疫情正浓，路难行，老程仍如此坚定，原来是内心的情怀鼓舞着他。老程喝下一杯酒，接着说：“我还是想趁早回去看一看，了却我的夙愿。”也许是酒喝多了，他絮絮叨叨地说着那些老战友，说着年轻时一起在荒凉的戈壁滩上自熬铅水，铸小飞机的趣事。

老刘又好奇地问：“当年的战斗机是什么型号？”

老程说：“歼 6。”

老刘又问：“开飞机跟开车有共通处吗？”

老程笑嘻嘻地说：“那当然有。开飞机跟开车一样的共性是熟能生巧。”

虽然老程的话语轻描淡写，其实开飞机是超级高难度，人们常说飞行员是金子堆出来的。在老程开飞机的过程中也有过事故，那是因为飞机双发失灵无法降落，他跳过伞摔过飞机，所幸没有出现任何人员伤亡。在生命攸关之际，他将生的希望让给机上另一个培训员，让其先跳伞，而他对此很少提及，为此他立了三等功，这是拿命换来的。他说时云淡风轻，实则没齿难忘。

一瓶 53 度的贵州白酒，不知不觉便痛快喝完了。很晚很晚，大家才各自道别。难忘的夜晚，茫崖普通的家宴，却在我内心留下了深刻的印象。那么多过往的大酒楼和高档宴席，我都忘了，只有在这静寂的夜晚，这浓浓的友情浸泡着的家宴，我会铭心记下这一夜。

临睡前，我的手机又响了，来自远方的友人问候：“邹老师，还好吗？听说去新疆的沿途关卡重重，你们都是七旬老人，要准备好药品和吃的喝的。”末了，远方的朋友还特别叮嘱说，“安全第一，早日归来。”我们带着亲友们深深的挂念，进入了温暖的梦乡。

# 8. 茫崖的一天

在茫崖已经住了一段时间，从开始的完全陌生到现在的触景生情，我真的喜欢上了这座年轻而孤独的城市。清晨，茫崖的空气特别好，湿润中飘着一丝丝凉风，好像是老朋友亲切地从窗外传来问候。茫崖是中国最年轻，也是最孤独的城市，它的一切方兴未艾，让人不可小觑，这可是一座希望之城。

我常常伫立窗前，向外看去，远远的便是壮丽的阿尔金山，山顶白雪皑皑亘古不变。茫崖的“崖”在蒙古语中意为额头。大家安静地生活在这里，政府怎么说，老百姓就会怎么做，没有纷争，也没有过多的麻烦，一切都在循规蹈矩中前行着。这里建设的速度比内地慢了许多，因为气候的原因，

▼ 壮丽的阿尔金山顶，终年白雪皑皑

在茫崖半年工作半年闲。尽管如此，茫崖已经有了机场，虽然仅开通了到西宁和敦煌两条线，但以后会慢慢地多起来。这里的人工作单调，因而便没有过多的比较，过着与世无争的生活，如古语说的“君子不患寡而患不均”，因此百姓便过得相安无事。我们这些日子到过好几个老百姓的家里，跟他们一起交流，他们也都是用平静的语调说出自己满意的生活。有位四川老乡开心地说:“我们家在这里生活了20多年,好得很,没得四川那么热。”他们认为大千世界便是如此，他们不懂北上广那种激烈的竞争，不知道外面的世界好无奈，大家都停留在这种安居乐业、没有竞争的生活状态，一切都是如此风平浪静。我夫妇俩在这里度过了我们一生中最难得的安静的岁月，不是说我们平常有多繁忙，而是我们的眼睛看到，耳朵听到，以及我们接触到的都是许许多多的竞争，还有身边擦肩而过的忙忙碌碌的全是人流。在茫崖，没有任何比较，也没有人在耳边聒噪。一晃我们在这里已

▲ 茫崖市人民广场核酸采样点

▲ 金坤大酒店温馨的中午

经居住了半个月，几乎每天都会拨打新疆防疫平台询问，新疆是否解封，我们很想到新疆去，然后再缓缓回到北京。

在茫崖，没有现代的摇滚乐与时尚电影，也没有高大上的饭店宾馆，人们在本色中坚守着这片荒漠之地。在茫崖城市周围，有着那么一圈圈绿色的树苗，虽然不太密集，也不太壮实，可它们就像坚挺而瘦弱的卫兵一样，忠实地捍卫着这座孤独的城市。当然，我会想到，许多年以后，这会成为一排排坚挺的屏障。盐碱地上远远泛起的白光与阳光下的绿色相互辉映，真是一幅特别美感而静止的油画，这份安宁便是茫崖的主色调。

今天还是每日例行的核酸检测，这里的核酸检测很便民，一是设点方便，在市中心广场和石油工人聚集区；二是检测是 24 小时的；三是收费合理，常态化的收费只要 4 元，而且可以开发票，若是全民核酸检查，便统一免费。

茫崖的中午是最热的时候，窗外洒进来的阳光，让我们的房间多了几分热烈。但到了晚上，气温就会陡降十几度，温差极大，这便是茫崖。

晚上在一家小餐馆堂食，这里有两位石油工人在吃饭。我们点了一份饺子，店面小，但还算干净整洁。候餐时，我与两位年轻人交流起来，他们也很热情爽快。他们好奇地

▲ 茫崖正在快速地成长

▲ 餐厅内用餐的石油工人

望着我说：“阿姨，你们怎么会到这里来，没啥好玩的。”

我说：“我们也是不期而遇，走不动了，只能在这儿住下去，不然怎么跟你们认识？”

他们哈哈笑起来，我们随意地漫谈起来。

他们说：“我们在这儿的工作待遇福利都好，而且我们石油的食堂，中餐、晚餐都是免费的。干半年就可以回敦煌的家休息半年。”

他们还说：“阿姨到我们油田去参观吧。”接着补充道，“如果去的话，那得找我们领导批准哦。你们一定要去山顶俯瞰一下油田呀，那景色非常壮观。”我们又聊了一些家常话。他们动情地说：“我们没时间带小孩，挣了钱往家里寄就行了。”我问他们今后的打算，他们对望着说：“我

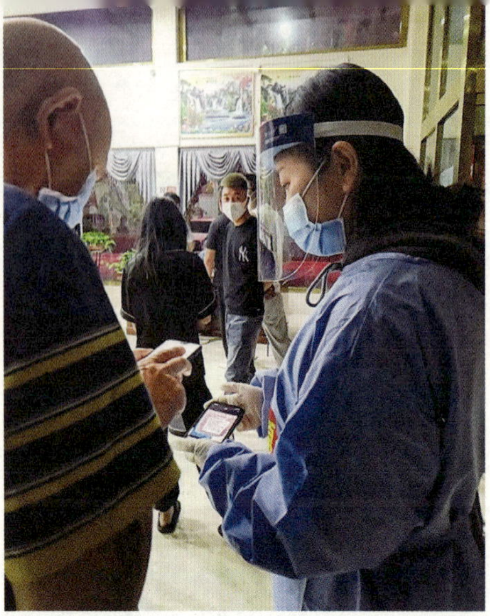

▲ 晚上在酒店大厅接受核酸突击检查

们真没什么好的打算，反正就跟其他同事一样干到退休。50 岁就可以退休了，再干十多年就回家了。”这就是朴素的石油工人，他们把青春默默地献给了这片油田，献给了茫崖。与他们交流后，我们心里便有了一个想法，设法到油田去领略那壮阔的景观。

晚上回到宾馆，稍事休息，门外便传来了一阵急促的敲门声，要我们拿着身份证到一楼大厅集合，突击核酸检查。我们急匆匆披上衣服来到大厅，大家列队受检，每个人的身份证对照本人，并且检查三码，工作人员一丝不苟，令人肃然起敬。正因如此，大家的健康才得到保障。做完检查后，大家集中在大堂，人不多，也就十来个人，聊了下一步的打算。有的人说早就想回去了，可是飞机火车都停运，汽车也租不到，没办法，只能住下来；也有人说，实在没法的话，只能找朋友开车到关口来接。

宾馆共 6 层楼，每层有 30 间客房，但一共只住了 13 个人，其中包括我们夫妇俩，大家都诉说着想回家的渴望。其中一位 40 多岁的先生说：“谁可以搭我一程，送我到敦煌就行了，要多少车费我都付，只要到了敦煌，我就可以想办法回湖南老家了。”他说他是今年 7 月份来的，一住就要到 9 月了，眼看快过中秋了，好想回去阖家团聚。大家聊了一阵，便各自回房，这便是茫崖的一天。

## 9. 茫崖风景格外美

▲ 谈情说爱的丹顶鹤

今天最让人开心的事是当地的朋友带着我们去观赏茫崖特别的风景。我们首先来到了茫崖湿地，距离市区四五十公里，远远便嗅到了青草的味道，还能听到潺潺的水声，并能看到飞鸟掠过空中。近到跟前，阿尔金山和昆仑山环抱着这片戈壁。湿地表面鸟类很多，一群群的天鹅在这里嬉戏。湿地里还能看到鸳鸯，还有许多我说不上名称的小鸟，生态环境真的太好了。今天虽是阴天，但由于地广人稀，能见度依然很高，给人一种苍茫之感。举目望去，画面雅致有品，我们夫妇俩在湿地边深深地吸着清新的空气，大口地吐着胸中的废气，饶有兴趣地吼上几句歌，歌声虽不动听但真诚，那是看到美景后内心的共鸣："茫茫大草原，路途多遥远，有位马车夫……"湿地润泽万物，实难想象这是位于沙漠之中，反差之大，让你惊叹大自然的鬼斧神工，眼前的景色真是惊艳了天地，惊呆了我们。

▼ 湖面飞鸟

▲ 湖上的鸟儿好不快活

最令人动容的是这些丹顶鹤在谈情说爱，卿卿我我，好不快活。继而来到美丽的艾肯泉，这里俗称“上帝之眼”。因为疫情关闭了艾肯泉便不可近观，但我们仍能感受到它的美丽。艾肯泉位于青海省海西蒙古族藏族自治州茫崖市花土沟镇莫合尔布鲁克村，100 多年前，俄国探险家普尔热瓦尔斯基到此一探究竟，在他的著作《走向罗布泊》中套用了当地人对这个泉的描述——艾肯泉。“艾肯”在蒙古语里为恶魔的意思，所以，又名“恶魔之眼”。从空中俯瞰，泉眼与喷涌而出的泉水以及周围土地上深红色环带状的沉淀物，组成了一个美妙的瞳孔造型，仿佛一只镶嵌在大地上的眼睛。专家推测，艾肯泉的形成是与大地断裂、含水层发生倾斜有关。青海省海西蒙古族藏族自治州位于青藏高原北缘，是土层活动地块边界，新构

▼ 美丽的艾肯泉

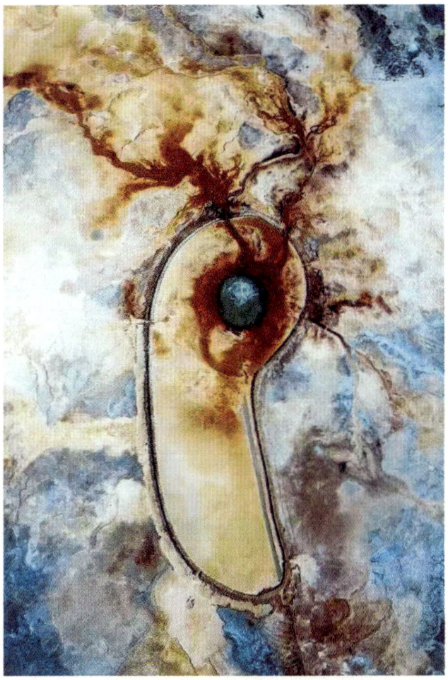

▲ 沙漠之眼——艾肯泉

▲ 沙漠中动物的遗骸

造运动十分强烈，阿尔金断裂带、昆仑断裂带和西秦岭断裂带等大型地震断裂带均穿过青海，而在断层地带常有沟谷发育，有时会涌出泉水，形成湖泊。

大自然就这么神奇，你无法知道下面是什么，又是什么原因让它喷涌千年，这不仅仅是地底的水，还有那四周的沼泽，含硫量如此高，在自然界也很罕见。虽然艾肯泉不能当饮用水，却有一定的药用价值和养生功效，难怪居民常来取此泉水回去泡脚，可以治疗脚气等疾病。

在沙漠中，时不时能看到动物的遗骸。不知道它是孤独终老，还是被其他野兽伤害，抑或是多病暴毙于沙漠上。总之一副白骨显示着曾经的一个鲜活的生命，它也有它的童年和壮年，还有自己的家庭，而今就是一堆白骨，令人不免好生感伤。

环顾四周，你能深切地感受到沙漠的无

▲ 茫崖四周皆是茫茫大沙漠

涯，举目望去，方圆几百公里都是戈壁滩和沙漠。北接罗布泊无人区，西边是阿尔金山无人区，南边是可可西里无人区，东边是我国四大盆地之一的柴达木盆地。今天我们车子所到之处是罗布泊无人区的一角。举目望去，全是无边无际的黄沙，令人唏嘘不已。人类在大自然面前是如此渺小，天地间走来小小的我，生命之无常，大自然总会让你充满敬畏。

不经意低头一瞥，脚下的沙漠里，我欣喜地发现了一株顽强的植物，绿绿的叶子在南方平常得不值一提，完全会被忽视。可是在沙漠，你能惊叹它生命力之顽强，为它喝彩！这小小的植物为沙漠平添了些许生机，我低头拍下了它曼妙的身姿，这在南方随处可见的野草野花，在沙漠却是弥足珍贵。小草自豪地仰天俯地，告诉大自然，我来了，我留下了我生命的印记。这一如中国底层的老百姓，在顽强地求生，在夹缝中生存，抗争着，奋斗着。我特意用我喝的矿泉水倾倒在这株植物上，向它致敬。不到两秒钟，水便无影无踪了。如果绿叶有灵，它肯定是会与我交谈的。

▼ 罕见的沙漠绿植

下午，我们到了尕斯湖。尕斯库勒湖简

▲ 一望无际的黄沙

称尕斯湖，蒙古语是“尕斯诺尔”，意为“白玉圈子”或是“镶着银边的湖”，此为封闭内流盆地，这是柴达木盆地最靠近昆仑山脉的大盐湖，面积约 140 平方公里，亦为文化之湖，柴达木文学的发源地。

关于尕斯湖还有一个美丽的传说，很久很久以前，在连绵叠嶂的阿尔金山以南，白雪皑皑的昆仑山脚下，一个古老的羌族母系部落辗转奔波来到了这片水草丰美、人烟罕至的净土游牧。千百年来部落的人们细心守护着这片富饶的草原，在这里繁衍生息。由于不停地转场，连年的战争，这里的男子不断减少，家里家外的大事小情由女人承担，形成了女子既刚毅剽悍，又温柔多情的双重个性。

西汉时期，武帝建元二年（139 年），张骞由一个归顺的“胡人”堂邑父为向导和翻译，奉汉武大帝之命率领 100 多人，从陇西（今甘肃临洮）出发前往西域联系大月氏（西域的一个国家）夹击匈奴。历经 11 年后，在公元前 128 年，动身回国。归途中，张骞为避开匈奴控制区，改变了以前的行军路线，不走塔里木盆地北部的“北道”，而改行塔里木盆地南部，

▼ 大漠戈壁，飞沙走石

循昆仑山北麓的“南道”返回。这是一次极为艰苦的行军。大漠戈壁上，飞沙走石，热浪滚滚；昆仑山高如屋脊，冰雪皑皑，寒风刺骨；沿途人烟稀少，水源奇缺。张骞一行，风餐露宿，备尝艰辛。干粮没了，就靠善射的堂邑父射杀禽兽聊以充饥。不少随从或因饥渴倒毙途中，或葬身黄沙、冰窟，献出了生命。就这样，他们从莎车，经于阗（今和田）、若羌，历经千难万险，到茫崖时，只剩下他和堂邑父两个人。由于当时羌人已被匈奴征服，成为他们的附庸，部落周围时常有匈奴骑兵出没，为了避免被匈奴人阻留，加之河流纵横、绿草如茵的草原风光，吸引张骞决定在这里休整一段时间。于是他和堂邑父来到了古老部落，热情好客的羌人用最高礼节迎接两个来自汉朝的使者。

张骞虽九死一生，风尘仆仆，疲惫不堪，但蓬头垢面、破衣烂衫遮挡不住他英俊刚毅的面容和大汉使臣的威严。部落里的人无不为他坚忍不拔、忠诚信义的优良品质折服，当然也包括部落首领唯一的掌上明珠——尕斯。美丽的尕斯姑娘正是情窦初开的年龄，优越的生活条件和高贵的地位，养成了她心高气傲、任性、倔强的脾气。但是张骞的到来，在尕斯的心中泛

▼ 尕斯胡

起了层层波澜，他的每一次出现都使她心跳加快，浮想联翩。手持大汉节符，气宇轩昂的张骞深深地吸引了她，她银铃般的笑声总是萦绕在他的毡房内外。她爱听他讲大月氏，讲乌孙，讲在匈奴遭遇的凶险，讲大汉长安的繁华，交往时间越长，爱慕之情就越浓。她喜欢他博学多识，多才多艺；喜欢他能文能武，坚定忠诚。在昆仑牧场，在阿拉尔河畔，总能看到他们双骑双驰、信马由缰的身影。

不知不觉一年过去了，匈奴因争夺汗位发生了内乱，无暇顾及远在苍茫之崖的羌人部落。张骞始终没有忘记自己的使命，他要趁匈奴内乱这一难得的机会赶回长安复命。知道他要离开的消息后，部落里的人们都劝他留下来，成为他们的一员，避免东归长安的劳累和危险。尕斯姑娘更是心如刀割，悲痛欲绝，由于自己是部落的唯一继承人，如果随张骞东去，可能会导致部落动荡，所以她只能千方百计让他留下来陪伴自己。但是张骞不因儿女情长而忘记使命，他不得不带着深深的愧疚、遗憾，挥泪踏上了归途，尕斯姑娘万般无奈，只有含着依依不舍的泪水看着张骞消失在沙漠的尽头，古人如此，以国为重，这亦是中华儿女历来传承的情操。张骞走后，

▲ 瑰丽的翡翠湖

尕斯姑娘茶不思饭不想，整天以泪洗面，不是在毡房里偷偷抽泣，就是策马站在草原的高处，翘首以盼，盼望张骞能出现在她的眼前，重温往日柔情。后来尕斯姑娘相思成疾，离开了人世，尕斯姑娘和部落女人们长年累月流出的眼泪，在草原深处汇集成湖，人们称之为尕斯湖。

传说无论真假，却使尕斯湖的内涵丰富多彩。站在湖边，举目望着广阔的湖面，我们心情大好，眺望远处白云环绕的山头，俯身捧一掬清凉的湖水，将湖水往自己的额头上拍一拍，似乎感觉到了上帝的手在抚摸着我的全身，并告诉我们任何情况都会发生，但任何苦难都会过去的。这片辽阔无际的尕斯湖，它亘古不变，千百年来静卧在这大自然中，镶嵌在广袤的沙漠中。我们渺小的人类享用着大自然的馈赠。我沉思良久，人的一生那么多的困难艰苦，在博大的大自然面前，它不过就是一瞬间而已，自己觉得跨不过去的山、越不过的湖都不算什么。很多时候自己的心境应该像湖水一样平静，看着在一旁忙着摄影的老程，我对他说：“这难得的美景是人世间最真实的存在，多照一些吧，这才是天然去雕饰，人世间最美的风光了。”当然我更希望他放下照相机，用自己的脑海去记录这美好的大自然。我想疫情结束以后，这里该多美，我也许会再回到这片洁净之地，那时候没有“三码”的阻隔，也没有无油可加的恐惧，更没有封城的担忧。信马由缰，洗心润肺，自由自在。

▲ “温馨提示”

去往尕斯湖，我们通过的一段路是从翡翠湖中间经过的。两边的湖水有些漫过了路面，车行在坑坑洼洼的路面上，像摆船一样，它与其他景点一样都竖起了温馨提示的牌子，写着“景区关闭”。翡翠湖位于茫崖市花土沟镇，在315国道、格库铁路南边两公里处，距离花土沟镇和机场23公里，地理位置优越，出行方便。翡翠湖属硫酸镁亚型盐湖，是海西州第三大人工湖。因含钾、镁、锂等金属元素和卤化物，湖床水颜色或淡青、翠绿或深蓝交替，当地人称翡翠湖。翡翠湖面积26平方公里，湖面开阔，碧波荡漾，一边倒映着雅丹地貌油沙山及昆仑雪山，山与湖泊相应，在不同的时间和不同的角度下，呈现出绚丽多彩的景象。夕阳余晖染红天穹倒映湖面，构成一幅魔幻般的画卷。风平浪静时，碧绿如染，清澈透亮宛若镜面，颜色纯美剔透，如同镶嵌在戈壁上的翠玉，让来到翡翠湖的游客惊喜痴狂、载歌载舞。身边的朋友说，在青海有好几个翡翠湖，但真正名副其实的便是茫崖的翡翠湖。湖里流动的那种宝石一般的祖母绿，真的好美，令人心旷神怡。翡翠湖，顾名思义，就像翡翠一样，碧绿的湖水清澈又浓郁。翡翠湖由许多大大小小的盐湖或叫池塘组成，深浅不一，像一堆宝石散落在里边一样，从上往下看，特别魔幻，平生未曾见过如此绚丽的湖水。站在翡翠湖畔，我像回到了孩童时代，好生兴奋。翡翠湖仿佛是安徒生笔下的童话世界，顺着翡翠湖的边缘，我走了好长好长的路，我能明显看到湖里的结晶是变化的，且随着时间的推移，变化无穷尽。无人踏过的地方，显得更美。我们在翡翠湖畔停留了许久，在群山环抱之中，翡翠湖在风的吹动下，仿佛有绿裙飘飘的感觉。由于光线的变化，湖面呈现几何状的水花。美幻绝伦的翡翠湖，湖水在变化，天地中，都安静了。在群山顶皑皑白雪的映照下，近看碧波如镜，湖水中倒映出我们的身影。波光粼粼的湖水，仿佛在与我们对话，说着那些你听不懂的天语。天空洒落的阳光，在没有风的时候，水波镜面中便清晰地倒映出蓝天白云，自己仿佛置身于仙境中。

我和先生并肩坐在翡翠湖畔，那一刻，我们仿佛又回到年轻时代，一对少男少女坐在湖边谈情说爱。人啊，真的会随着环境，多角度地变幻情绪，也会演绎出不同的自我。

我先生打趣地对我说，早年如果有条件，我们来此旅行结婚就好了。真是说得出口，行将就木的人还说到年轻结婚的事，想象力未免太丰富了吧。我们又互相开玩笑说着一些年轻时候的话，青春仿佛又回到了我们身上。在这美得令人心醉的地方，我们说的话似乎饱含诗意，真是此景只应天上有，人间难得几回闻。天花板级别的茫崖翡翠湖，美得让人不忍离去。

回程路上，我想起了 8 月 16 日的晚上也曾在此通过。只是那时候不知归处在何方，哪有心思欣赏翡翠湖的曼妙，只有今天才勾起了那段难忘回忆。

离别之际，翡翠湖静静地目送着我们远去，天地间静得只剩下我们和它。车在慢慢行驶，看着湖面上倒映的朵朵白云，仿佛是海底的生物浮出了水面，也在目送我们远去。天色渐晚，一路上，我们仍回味着翡翠湖的艳丽。

▶ 热情好客的卤味店老板娘小尚

## 10. 农贸市场的女老板

我们几乎每天都会到茫崖市最大的菜市场来买吃的，菜市场里有很多小吃店、水果店、熟食摊。我们去得最多的是位于集市入口左边的卤味店。老板娘叫小尚，这是个漂亮的四川女人，两个孩子的妈妈。她跟她丈夫是2022 年 4 月份过来的，两位四川邛崃人在这里打拼出自己的小天地，她丈夫是转业军人，负责后厨打理卤菜，而她负责照料前台店铺。

她嘴很甜，善于言辞和微笑，总是把柜台擦得干干净净的，帮顾客包装时，会用本店定制的纸袋，并且会多赠送客人一点新出的卤菜。每次有客人买东西，她都会微笑着多说几句话，让人有一种归属感。菜市场里还有三家卖卤菜的，有一家是湖北的，另外两家是本地的。我都买过他们的卤菜，但却不像小尚家那么对胃口。更重要的是，那些店铺的老板缺乏一种与客人沟通的习惯，只是简单的买卖关系。在小尚这里，她会把每一位顾客当作朋友看待。我第一次进店，她便与我搭上话了，热情地说：“大姐，我听你口音好像也是我们四川的。”

我说：“对，你怎么听出来的？”

她说：“这个口音肯定听得出嘛。”她亲切地介绍了他们家什么卤味好吃，她一边说一边递给我好几种卤味，让我决定买哪一种。这下我就有点不好意思了，毕竟是吃人嘴软拿人手短呀，虽然就我和老程两个人，但也买了四五样。她娴熟地给我打包，还客气地说：“我们新出品的没有辣味的鸭肠，我给你放点，你尝尝，好吃的话下次再买。”她还体贴地说：“今天买得太多了，够了，不要再买了。”

第二天，我们就熟悉了，她老远就招呼我说：“老乡大姐，你赶快在门口扫码，不然市场管理人员看见了，我们的店就要被封啰。”

我说：“知道了，支持支持。”

接着有好几位石油工人进来买卤菜，她都一一接待。有一天下午，她店里没有多少客人，我们便闲聊起来。她说：“咱们四川邛崃的生意不好做，卖东西的人多，买东西的人少。现在疫情快 3 年了，大家都难熬。”我很好奇地问她：“中国这么大，你怎么就到茫崖了？”

她爽快地说：“有个邻居是这边的石油工人，建议我们过来。因为菜市场没啥好吃的川味，我便抱着试一试的心情过来了。门店还好，租金不贵，菜市场的人也都还和气，不会欺生，大家都各做各的事，不会招你惹你，所以，我们便初步安营扎寨了。几个月下来，我感觉还不错。”同时，她还谈到她的两个娃娃还在四川，由爷爷奶奶看护，她叹口气说：“我好想他们，但是管不了这么多了。”

我接着问：“长期如此，你放心吗？”

她摇着头无奈地答：“不放心，也没得办法。茫崖只有一所学校，且质量不高，我们又没工夫看娃儿，就把他们放四川，我们也好安心挣点钱，养家糊口。”

说着，她又苦笑着对我说："哎呀，不知道往后做不做得动，这个疫情严重，动不动就要封店，我们的店面一租三年，这才一年不到，做不动也没法子。"

过了两天，当我去找她，只见门上贴着封条。听说是有人进店后没有扫码，被市场管理员盯到了，她违反了防疫规定，店被迫封了。此刻，我感觉有点沮丧，又想起她和我说的，"不知道混不混得下去。"我只有默默地真诚祝福她好运。又过两天，我再次进集市，看见她站在市场门口执勤。她一看见我，老远就打招呼："大姐你来了，我明天就能开店了，我在这儿执勤都三天了。"

我问她是怎么回事，她说："我当天生意太忙了，没有注意到有人没扫码，害死人了，最后导致我们店就被封了。按市场规定，被封店的人，必须义务在门岗执勤三天。"

我笑着问："是否有补贴？"

她说："哪里有一毛钱补贴，这三天还不能犯错，如果犯错被揪住，又还要站三天，所以必须做好防疫检测。"说着她又忙碌着让进场的人刷行程码、健康码、核酸码。我规规矩矩地刷完了三个码，她才放行，我也很自觉地配合她，不能因此给她造成新的麻烦。

▼ 水果店里丰富的陈列

进了菜市场，我又走到了熟悉的水果摊位前。这个水果摊是一位河南的中年妇女摆的，

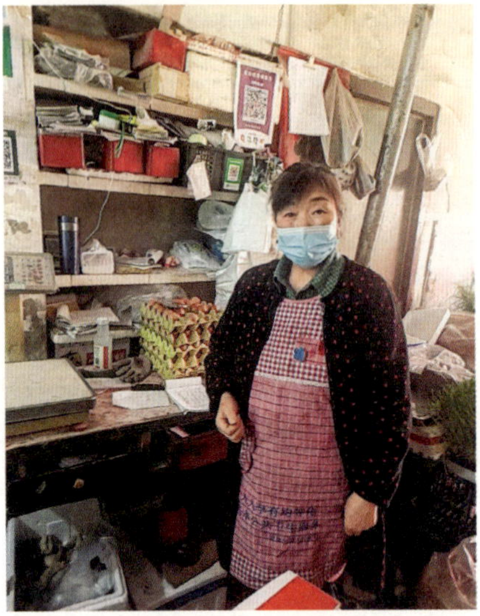

▶ 杂货铺的四川刘老板

▶ 小尚店里的石油工人

每次我都会照顾她生意，每次买几十块钱的水果，她也把我认熟了。一过去，她仍然是一口河南腔，高亢地喊起来：“你，来了，老板。赶快!有新鲜的柑橘，刚从成都拉来的。”她的身材矮而胖，动作却很麻利。

她称完水果还会和我说：“称得有多的，老客人了，肯定要照顾！”说完还会往我的水果袋里丢上一个苹果，或者一个梨子。

小小的生意，浓浓的情分，这些底层人都在拼命挣扎着过日子。反正我也没啥事，就和她们聊天，油盐柴米酱醋茶，啥都聊一会儿。在这特殊的环境，如此而已。

在市场的另一头，还有一家四川老乡杂货店，这个杂货店的老板姓刘。她说她到茫崖已经二十几年了。我问她怎么从四川过来的，她笑道：“我哥在这里当石油工人，我妈不放心。女娃儿嘛，在四川农村不被稀罕的，我妈就叫我来照顾我哥哥。所以二十几年就这么过去了，我也在这里结婚生子了。前年我哥退休了，他回敦煌去住，我哪儿也不去，就守这摊子。”我问她为什么不一起回去，她说：“习惯茫崖了，这里的人好相处，生意还做得下去，就在这里混了。儿子已经结婚了，也去重庆了，我也有孙子了。”

我好奇地问她：“为什么不去儿子家照顾孙子？”她爽快地回答道：“我们老两口现在还做得动，挣点钱以后好养老。今年过年不回了，茫崖过年也一样，加之儿子也去丈母娘家过年了。”

我问：“那你会不会感觉到有些失落？”

她摇了摇头说：“只要儿子过得好就行了，我们两口子没关系的。”说完，她又忙着接待买柴米油盐的客人。

天气渐晚，我们打包了食品，慢慢地信步回宾馆。

在茫崖，不管走在哪里，总能遇上穿红衣服的石油工人。他们的背牌是不一样的，有中国石油，青海石油，还有好多个不同的部门，组成了一个特殊的石油基地。他们虽有食堂，但也到农贸市场来买一些食品，改善生活。

## 11. 多情的中秋佳节

海上生明月，天涯共此时。今天是 2022 年 9 月 10 日中秋节，我们夫妇俩遥望远方，祝福远方的亲朋佳节欢乐。我们盼疫情过后，人间一切安好。夜晚，面对皓月，看着月亮一点一点地升高。我们思念远方的亲人。这时电话响了，是儿子打过来的，他首先便很关切地问：“你们今天吃月饼了吗？晚饭准备好了吗？”七言八语之后，他还特别提到，“早些回来，新疆不会很快解封的。”

他为了让我们开心，还给我们提到，他五个月大的女儿会看着月亮发出笑声，会看着月亮发怔，仿佛也在惦记着远方的爷爷奶奶。他用手机发给我们照片，看着小孙女那亮晶晶的眼睛，以及那张笑脸，我们感到这就是节日期间最好的礼物，仿佛又阖家团聚在一起了。儿子还说到北京住地旁边封控了一个单元，好在没有全社区封控，所以，还能够正常出入。他也说到过几天，他将出差深圳，那边有一个重要的项目要谈。尽管疫情当前，也不得不前行，工作生活都要继续。最后他让我们这一路上注意安全，早一点回家。絮絮叨叨的，我们聊了许许多多，虽然是家长里短，但是有人牵挂便是最大的幸福，尤其是远方小孙女的微笑，更让我们感觉到了节日的甜蜜。

茫崖的中秋，月亮分外明亮和皎洁，几天前就有朋友邀请我们中秋晚上共进晚餐。这个朋友在茫崖有着一个小汽车修理厂，还经营着一家定制旅行业务的团队，常年在外地打拼的他，练就了一手好厨艺。对于他的盛情邀请，我们开始是拒绝的，但他多次邀请，我们被他真诚和热情打动，应允了下来。

当晚，我们来到他的居住地——一个很简朴的工棚，一排排干打垒房子里边住着一群群漂泊他乡的人。他们在这里奋斗着，努力赚钱养家糊口。他们用自己勤劳的双手博得属于自己的粗茶淡饭。今晚，我们特地带了一瓶好酒过来佐餐，他做了红烧肘子和炖鸡，还清蒸了一条鱼，炒了几个蔬菜，炸了一大盘香喷喷的花生米。我们开心地一起碰杯喝酒，吃月饼。此情此景，我不由得想起《赠卫八处士》里的那句“主称会面难，一举累十觞”。虽然我们相识不久，但彼此都感觉是重逢聚首的老友，谈论着各自家常话题。烛光融融，真诚的情谊让人忘却了不快，忘却了病毒的狰狞，沉浸在欢声笑语中。在我们的印象里，古人诗词中描写食物都蕴含着浓浓的情感，今晚虽无饕餮大餐，但一葱一蒜也总关情。在大戈壁的中秋之夜，这样的晚餐饱含深情。酒到浓时情更深，主人动情地说：“我流浪过好几个地方，也到过贵州，但真正让我驻足的是茫崖，并不是这里有多美，这里有多富裕，而是这里的人很单纯，没有那么多的尔虞我诈，钩心斗角，内心踏实，不想再流浪了，所以我就留在了茫崖。”

他还动情地说：“茫崖虽小，但有我的栖身之地。北京虽大，却没有我的半寸立足之处。”

他还说到了一件有趣的往事，初到茫崖时，心是忐忑的，人也狼狈。好些日子都找不到工作，这时候一位老板看到他老是在工地周围转来转去，主动找他说：“兄弟你找不到活儿，就先到我这里做，包吃包住，每日工资 300 元，你愿意什么时候走都行。” 就凭老板这几句暖心的话，朋友就爱上这里。这个老板也没查看他的身份证，没问他的过往，就这样收留了他，张开双臂拥抱了他这样一个陌生人。

朋友喝着酒，真诚地和我说：“人是记情的。尤其是最困难的时候，能够帮你的人，当然是没齿难忘。这儿的人都比较朴实，所以你们也不要觉得我请你们来吃晚餐是有什么想法和目的，我只是很愿意跟你们相处，听你们的谈话，我觉得你们是我的老师，我虽然也是 50 岁出头的人，但在这月圆之夜，你们让我想起爸爸妈妈。我也希望好多年以后，你们能够再来和我共度中秋。”说着，他举起一杯酒，深情地说，“叔叔阿姨，敬你们一杯酒。感恩我们相识，还盼后会有期。”

他没什么豪言壮语，也没什么华美的辞藻，但就是这一串串发自心底的话语，让我们的内心好温暖，眼眶也不禁湿润了。人世间需要真情，这是最弥足珍贵的，这不是任何佳肴美食能够替代的。

那天晚上，我们聊了很久，感觉就像亲人一般。人啊，那真正的快乐是流淌在心底的那份情感的满足。酒足饭饱之后，我们夫妇俩告辞出来，慢慢行，看着月亮一点一点地往上升，开始月亮还挂在沙漠的边缘上，后来到了群山之边，再后来往上升，近 11 点它升到头顶。月亮犹如银盘，温柔地与我俩同行……

茫崖周遭一片寂静，我们仰望着月亮，万籁俱寂，似乎能听到彼此的心跳，好有诗意，灵魂也在与月亮对话。我注意到月亮旁边总是跟着一颗启明星，可惜我的相机照不下来，但我的肉眼能看到，多么可爱，多么生动。我多想通过星星，告诉远方的亲朋，祝福远方的亲朋，祈盼疫情快过，人间一切安好。

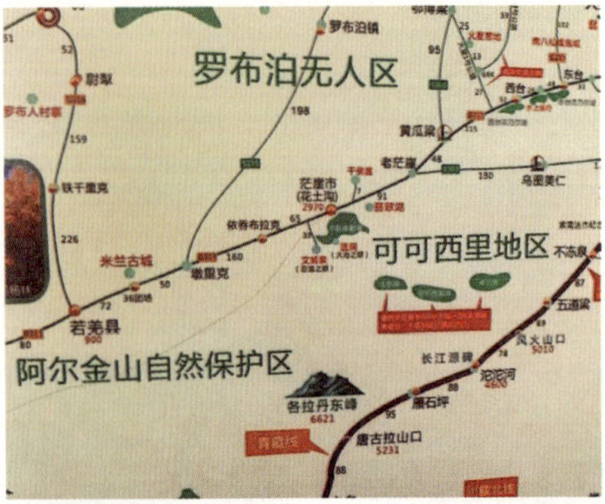

◀ 油山下的石油工人大本营

## 12. 初探油山

打小，我们便伴随着“石油工人一声吼，地球也要抖三抖”的壮怀激烈的歌曲成长起来；打小，我们便知道铁人王进喜，我为祖国献石油；打小，我们就见过油田中磕头机的照片。如今身临其境，已是一个甲子过去了，这才与油田有了零距离接触。

所幸北京的朋友介绍了这边石油公司的领导，我们才得以参观石油工地，这可是不让外人来的禁地。除了上下班的工人一车车地来回，没有任何人能够走进这片神圣的领地。一大早，李总二人便到宾馆来接我们，因为油山路崎岖不平，我们车辆无法抵达，只能依托他们专业的车辆方能进入。来到工地关卡，李总下车，认真地登记每个来访人的身份信息，以及按照规定检查了“三码”，方进入油山。吉普车顺着崎岖山路盘旋而上，这是一个沸腾的工地，沿途映入眼帘的是成片的采油机及身着红衣的石油工人，他们在紧张而有序地工作。山路难行，光秃秃的山头没有一棵绿草，只见磕头机有规律地上下运行，这种大工业的场面真是一道壮丽的风景线。

这一路上，我们经过了油田大本营、油田项目部、大修大队、文化馆、综合服务中心等等设施齐全的基地。难怪多年以来大批的石油工人能够在此安营扎寨，确实兵马未动，粮草先行。上午 10 点，我们到了高达

▶ 石油基地工人食堂

▲ 简单的文字铭刻下了坚实的足迹

3430.09 米的世界最高油井。站在高处往下俯瞰，一层层沙丘，一层层石山，一排排磕头机，蔚为宏大的场面呈现在眼前。可是，你能想象得到吗，当初在这荒凉沙丘，是石油工人肩挑背扛，凭着血肉之躯构筑了这一片浩瀚的“石油长城”，何等地艰辛和壮烈。此地名曰狮子沟，位于茫崖市郊十余公里的崇山之中，根本无路可行，是石油工人日夜鏖战打通了这条道路。这口优秀的油井已为国家贡献了 28 万吨原油，现作为油田职工爱国教育基地和石油工人的精神标杆，昂首挺胸保留至今。油田目前最大的油井，直至现在已贡献 18 万吨原油，目前还在生产，每天贡献 5 吨原油。青藏高原寸草不生，是一代又一代石油工人献了青春献儿孙，为国家摘去贫油的帽子。对石油工人，我们是肃然起敬。陪同我们的李总，已经在这里生活了 30 年，他深情地告诉我们，眼前这口油井就是他大学毕业后坚守的阵地。看着橱窗里的一张张照片，我找到了当年年轻帅气的李总 ，他笑得如此灿烂，意

▶ 一层层沟壑纵横的沙丘

▶ 油田磕头机

▲ 一代又一代石油工人坚守的阵地——狮子沟

气风发，目光眺望着前方。我又看了看身边如今的李总，两鬓斑白，全然一个老头样。他把美好的青春献给了戈壁滩，他在油田留下自己坚实的生命足迹，是石油工人的缩影。他用自己的大好年华，诠释了贫油的帽子是怎样摘掉的。

回到大本营，已是中午 11 点多了，李总陪同我们去参观大棚蔬菜。这里仍然书写着传奇，传承着当年南泥湾的精神，绿油油的蔬菜无声地向我们诉说着石油工人的艰苦奋斗。他们在戈壁滩上搭建大棚，自种蔬菜，自力更生，丰衣足食。大棚的蔬菜很丰富，白菜、萝卜、香葱、芹菜，应有尽有。这一棵棵绿色的蔬菜既凝结着石油工人热爱生活的情怀，更展现了

▼ 石油工人的蔬菜大棚

他们勤奋踏实的精神风貌。

最让我们感动的是，他们还邀请我们在基地食堂与石油工人共进午餐，这种感觉真好，仿佛回到了五六十年代。那种淳朴的工人一家亲，大家聚集一堂其乐融融的情景，是用钱也买不到的日子。午餐有 4 菜 1 汤，这 4 个菜是：炝炒莲花白、西红柿炒鸡蛋、凉拌牛肉、青椒炒午餐肉，不仅有米饭，还有馒头、花卷、包子，非常丰富。老程同志很兴奋，他说当年歼击机飞行员的空勤灶也不过如此。

陪我们一起吃饭的是青海油田石油三厂的厂长，他是 1976 年出生的，在油田已经工作了 23 年。他独自一人在此，老婆孩子都在敦煌。他是西北石油工业大学毕业的，老婆也是油田员工。他说：“我们油田人家属基本都在敦煌。”同时他还给我们引荐了修理站的站长，一位姓李的帅哥，1980 年出生的“眼镜哥”。提起油田，他兴致勃勃充满感情，自豪地说：“我的小孩都已经 11 岁了，在敦煌上学，我在重庆有房子，以后退休就可以去那边了。”

我开玩笑地说：“你想得好远！这么年轻就想到退休。”

他说：“不能不想啊，为国家奉献自己的青春，但下一步还要为自己的小家负责任啊，让老婆孩子都有个好的安居之处。”

他接着说：“领导，欢迎你们常来玩，我们非常欢迎来自北京的领导，带来那么多信息，让我们也开开眼界。”

我发自内心地说：“欢迎你到北京，也欢迎你和你的夫人带着小孩来参观清华和北大，我一定全程作陪。”

他说：“好好好，这是我梦寐以求的事情。”

▼ 与石油工人共进午餐

石油工人真诚的微笑，动情的话语，深深地感染着我们。饭后，他给我们摘了黄瓜、小白菜、西红柿，还给我们在食堂拿了一些馒头和烧饼。他说：“领导，你们尝尝我们自己动手做的餐食和种的蔬菜，你们能到我们这荒僻的小山沟，实在是我们的荣幸。”

在送我们出去的路上，他深情地说：“我们与外面的人打交道极少，每天日出日落都是在工地上。”临上车前，他还开玩笑地和我们说，“好想送你们走得更远一些，现在因为防控限制，不让我们上街。只能送你们到此了。”他紧紧握着我们的手，久久没有放开。

我们的车子已经开出老远，我回目一看，李站长还站立在车后的扬尘之中。他在想什么，我不得而知，也许想到了远方的家，想到了孩子和老婆，勾起了他对家庭温馨的丝丝眷恋吧。

## 13. 茫崖社区一瞥

宾馆附近有个 石榴籽家园，这里居民较多，颇有些人气。无意中，社区里的儿童乐园引起我们的兴趣，有跷跷板、滑板，还有秋千，最令人难忘的是那一群欢乐的孩子。虽说是下午，但社区人也很少，儿童乐园里仅几个小孩在那儿玩耍，我们驻足于此，饶有兴趣地坐到了秋千上。此时又想起了孩时的自己，面对乐园里的玩具，我们都会去试一下，快乐得很。真是老夫聊发少年狂，我们兴致勃勃地坐在了秋千上。人虽老了，心态还是那么年轻，这种心态一直长存于自己的内心，虽说一晃一个花甲之年过去了，从来路又将走向归途，但从不知老。

乐园里的小朋友们好奇地看着我们，他们不明白爷爷奶奶为什么会坐在他们的小玩具上。其中一个六七岁的小男孩壮着胆子走过来，歪着头打量着我们，我们主动和他攀谈，得知他们都是藏族人。小男孩笑嘻嘻地说：

▲ 宾馆附近的石榴籽家园

▼ 我和小男孩之间的互动

▲ 老程饶有兴趣地拍照

“奶奶来一起玩，我的家就在小区里边，我妈妈是开出租车的，她今天已经出门了。“他又说：“我很会荡秋千。奶奶你试一下。”于是我们之间形成了默契，他帮我荡完秋千后，我又给他荡，真是其乐无穷。

其中一个小女孩很热情地说：“奶奶，要不要到我们家去玩，我爸爸妈妈都出去上班了，现在开始刮风了，有点冷。我们家暖和，还有刚买的大白兔奶糖。”

我听了内心很温暖，我觉得小孩子们好纯净，他们也不设防，一开口就请人到家里做客。这在大城市是不可能的，小孩子都已设防，早就被父母教育不要和陌生人说话，这是好还是不好，我不好评判，但我总觉得内心纯净些好，这样也会快乐许多。我开心地对她说：“不用了，小朋友，这里多好玩呀。”

蓝天白云下，小朋友们让我们内心的焦虑得以释放。有一对小兄弟，其中弟弟仰着头对我们说：“要不要我们来轮流坐滑梯？奶奶，你来看这个滑梯可好玩了。”说着他拉着我的手就去上滑梯。儿童滑梯那么窄小，我肥硕的身材，怎么卡得进去。可是小朋友热情不减，笑嘻嘻地一个箭步，腾的一声蹿到滑梯上，然后哧溜一声往下滑，而后又爬上梯子再滑下去。滑的同时，他扭头望着我，快乐地招呼着我：“奶奶你看，多好玩，你在我背后接龙滑。”稚气的童声，如百灵鸟一般，热情地召唤着我们，直击我们的内心，此时此刻，什么疫情什么防控，通通抛到九霄云外。

他们还在招呼我们，我开心地说：“你们先玩，我们马上接上来。”紧接着又有两个穿戴整整齐齐的小女孩跑了过来，她们先是站在一旁观察，然后马上跟着小男孩开始玩滑梯接龙。我们坐在旁边端详着这群快乐的天使，茫崖虽是偏僻的，但孩子是那么无邪，那么自在。

过了一阵子，他们陆陆续续地过来围着我们，在一起七嘴八舌地聊开了。一个小男孩说：“我爸爸昨天买了好大一条鱼回来，我家猫就守着那条鱼。我爸爸说猫要偷鱼，我不相信，后来这条鱼真的被猫从盆里拖出来了，我爸爸气得打了它，我好心疼啊。”不等我们回话，另一个小朋友接着说：“我跟你们说，我家猫也可聪明了，就知道围着肉和鱼转。”他们滔滔不绝地说着感兴趣的事。

旁边又有一个小女孩说：“我家狗狗才乖呢，我带它遛圈，把它放了，我还没回家，到处找不到它，谁知道它早已到家了。”

他们七嘴八舌地开心地说着他们那些趣事，我好遗憾没带糖果出来给他们，回报这些小精灵。他们让我想起我童年时不也是这样的吗，天真无邪对世界充满了五彩斑斓的幻想，但是后来慢慢地被现实完全击碎了。

我在内心祝福他们一切都好。同时我也在想：他们有幸生在茫崖这样纯净的地方，没有受到外面的任何干扰。当然他们也没有享受到外面世界的精彩，这恐怕也是有利有弊吧，人生终归是有遗憾的。

跟他们在一起好快乐，大家又玩起了击掌游戏，就是你伸手出来，我打你，你躲上三次我都没打中，那就该你来打我了。我们就这样互换着玩乐，实在是非常开心的一天，尤其当四周都是疫情，在严防死守之下，这里就是一片净土。

天色渐渐晚了，我们也该告别了。当我们临走时，有一辆小车停到了乐园旁边，其中一个孩子的妈妈回来了，她在召唤儿子上车回家。我们也告辞了，临别时，这一群孩子很留恋地说：“爷爷奶奶明天还过来玩哦，等你们。”就这样，我们虽然挥手作别，但挥不去的是我内心的留恋。离别是暂时的，小朋友们永远定格在我的内心。我们夫妇俩在车上交流时说道：

▲ “浙江援青”建造的学校

“过些年，再回来玩，看看这些小朋友长成什么样了。也许他们早忘了，但这份情愫深深地印在了我们的心灵深处。”

出来以后，一路向前，天色渐晚，我们的内心却是那么明亮，与小朋友玩乐的心情是那么轻松和惬意。步行途中看到一所学校，上面大大的标明“浙江援青”。再继续往前就看到了花土沟派出所，庄严的大楼，国旗在飘扬，大院里停着最新式装备的车子，旁边还有军营。在派出所旁边便是茫崖市图书馆，图书馆门可罗雀，关闭很长时间了。我走上前去一看，门口告示上写得很清楚：“临时关闭，疫情后何时开放，另行通知。”

▼ 花土沟派出所内精良的装备

▲ 茫崖图书馆

我们住的金坤大酒店就在图书馆旁，孤独的城市却有不失优雅的气质和丰富的文化生活。宾馆旁边还有茫崖市医院，门口也是冷冷清清的，没有看见有出入的人，仿佛这座城市的人都不会生病。在茫崖的日子安安静静，踏踏实实地度过一天又一天。

## 14. 无奈的密接经历

今天是 2022 年 9 月 19 日，我们在茫崖居住了一个多月。茫崖的蓝天白云格外好看，天空中层层叠叠的云朵就像棉花糖一样，非常有诗意地变幻着形态。一大早我又打听了一遍，新疆还是没有解封。于是我们今天决定搬离金坤酒店，入住茫崖宾馆。之所以要搬离，是因为金坤酒店为了省电费而断掉了电梯电源，我们房间在 5 层，每天要爬 100 步楼梯，坚持两天后，仍觉得不便，于是决定换到茫崖宾馆。虽说两家设施一样，但为了

▼ 搬离金坤酒店，入住茫崖宾馆

招揽客人，茫崖宾馆只收 100 元一天，而且还有一个很宽敞的院子。

金坤酒店 515 号房间是我们临时的家，在此居住了一个多月。每天早上起来看书，喝茶，接着便是出门做核酸及购物。每天桌子上都会堆着满满的零食。今天就要收拾离开了，真有些恋恋不舍。

中午，我们来到宾馆楼下的马忠餐饮就餐。大门上方有四个大字——“肉热汤纯”。我们进去后，刚把红酒掏出来，被马老板看见，他快步走到我身边，不满地说：“这是清真饭馆，不能带酒进来的。”

▼ 我们桌子上总是摆着满满的零食

▼ “肉热汤纯”的马忠餐饮

我的脸一红，悄悄地把酒放回包里了。入乡随俗，尊重民族风俗习惯，是我们应有的素质。马忠饭店，跑堂的是父亲，厨师是儿子，媳妇则是打下手的，三个人撑起了这家餐饮店。他们是青海东南部果洛州的撒拉族，离乡背井，到此开店。坐在店里，我环顾四周，只有 3 位穿红衣工装的石油工人，加上我们，整个餐厅只有 5 个人。我点了两个菜，便开始午餐了，隔壁一家饭店系“云姐豆花牛肉火锅”，却是关着门，门上的封条落了许多灰，听说是触犯了封控条例，所以不让开店。

▲ 把酒放回包里，入乡随俗是人的基本素养

用餐完毕，我们回到酒店前台办手续，前台小姑娘用不舍的语气说：“阿姨，你们要走了？”

▲ 窗台上的绿植一直陪伴着我们

我告诉她：“临时搬离，还会过来看你的。”这个小女孩，就是我们 8 月 16 日接待我们的前台。虽然只有 22 岁，但她的娃都已 4 岁了。据说她丈夫也是石油工人，对她很体贴，经常开着摩托接送她。多天相处下来，我们成了朋友。

她说：“以往，我们酒店是经常满房的，因为这是进疆入藏通甘的枢纽地，现在只因疫情封控而没有客人。”我在前台把账结清后，她叹口气说：“哎呀，你们走了，整个宾馆空荡荡的，老板亏死了。他离开茫崖已两个多月了，只有我们两位员工在此守卫。”

▶ 工地停工许久了

我们再次回望居住的金坤酒店 515 号房间，窗前那盆绿植是我买的，我要把它带走，它每天伴随我们度过了日日夜夜。这无言的朋友，一直慰藉着我们漂泊的心。

中午，听到贵阳传来消息，市里一些小区都封控了，只出不进，而省内的大环境也是只出不进，特殊的疫情时代，许多地方都按下了暂停键。离开金坤酒店，只见窗前的脚手架仍冷冷清清，从我们来时安静地矗立在那里，走时还是这样，停工许久了。虽说人定胜天，但人不一定能胜天，还需要与病毒共存。

我们在金坤酒店大门准备出发时，巧遇一位住客也在打包离去，我们的车并排，于是攀谈起来。他将开车回哈密，他说："从现在两点出发，要晚上 12 点多才能到达哈密的家。"

他听说我俩要入疆，叹了一口气，说：“你们要前往若羌，全程要走315国道，这条路很漂亮，但是也很难走。路上没有加油的地方，更没有食物供应，你们一定要加满油，还要买一些吃的，最好买一个大的塑料桶，储藏一点汽油在车上，我害怕你们不到目的地就没油了怎么办。”

他确实很有同情心，担心地看着我们。他还认真地叮嘱我们说：“叔叔阿姨，你们年龄这么大了，要做好准备啊，我很担心。”天底下还是好人多，我们处处得到别人的关心，我们不觉得自己是老人，可所有的人都担心我们面对困境怎么办。

临走时，他跟我们说，他是油田工作人员，从8月12日一直住到了今天，因为封控不让走。今天好不容易才打好证明，盖好政府的章，可以放行了。说着，他便匆匆地要离去，关上车门那一刻，他特意摇下车窗对我们说：“叔叔阿姨，你们还是赶快离开吧，趁现在可以放行。如果再封下去，路难行，你们在年内可能很难回北京了。”

他的提示在我内心引起了波澜，我们夫妇认真合计了一下，再这么耗下去，何日是个头。如此经历在我们是首次，也考验着我们的决策能力，没有什么经验或是教训，只能凭感觉和运气去做决定罢了。

我们认真回想一下，虽然心有不舍，几千里地赶到了这里，该去的新疆没去就打道回府，太不值得了。但刚才这位新疆朋友的话动摇了我们的决心，仔细想想也是，离开吧！不知道何时新疆能解封，茫崖此时还能放行，过段时间若是封控了，那该如何是好。马上到下雪的日子了，算了，不坚持了，回家吧。

在茫崖期间，不断有朋友发来关切的信息，在西宁的朋友就曾提醒过我们，进门扫码后，出门也别忘了扫码，这能避免密接的麻烦。可惜当时我们并没有放在心上，没两天我们就吃到了哑巴亏。

那天的茫崖仍然是风和日丽，老程出门到超市购物，不到一个小时，发现健康码变黄了，社区的电话也打来了，说是需要隔离。我们觉得很奇怪，每天配合核酸检测，若是出行也都是戴好口罩，根本没到人群密集的地方，

▶ 静静的 7 天，看书学习

怎么好好的码就变黄了？在一番询问之后，才得知老程进入的小超市，有一位“黄码”曾来过，因为有所谓的时空交集，所以老程也受到牵连，我作为次密接，也被通知要隔离。接下来 7 天我俩就被封控在宾馆里，想走也走不了。每天有人给我们送饭，当然是自费的。每天会有政府和街道的工作人员来房间检查，并要求每天申报自量的体温情况，提交核酸自查结果。

在宾馆里的每一个静默的晚上，我都会写作或者看书到深夜。茫崖的夜晚特别安静，没有一丝车鸣声，更没有一点人的喧哗声，好似天地间只有我们夫妇俩。

7 天中，宾馆的老板娘和她先生很认真地监控着我们的行动，除每天上午我们到旁边市中心广场做核酸检测外，稍微要迈出房门，他们便会友好地提示：“不能出房间，需要什么可以跟我们说，帮你们办。”就这样，在他们认真的监督下，我们“自觉”隔离在房间内，每天唯一响动的是窗外院子里的狗吠声，我总喜欢从窗户探出头去招呼着这一群小精灵。一开始它们不怎么理会我，渐渐熟悉后，每次它们都会摇着尾巴，仿佛等待着我陪它们玩。一天又一天，7 天终于熬出头了，这下更坚定了我赶快离开茫崖的决心，这是 2022 年 9 月 26 日。

我和先生已经对进疆不抱幻想了，赶快走吧，这次未完成的新疆之行，只有春暖花开以后再实现吧。我坚定地安慰着自己。

9 月 26 日我们解封后，27 日，我们便决定赶快办理手续，离开茫崖。可就在此时，茫崖又开始封控，不让出也不让进，加之马上要过国庆节了，必须加强防疫工作。我们的心提到了嗓子眼上，天哪，赶快走吧！不知道国庆以后，又有什么封控要求，我们要熬到何时啊。告诉不行，必须赶快离开，否则要在这里过冬了。

## 15. 离别前夕

离别前夕，真的不舍，内心空落落，我们 70 岁了，首次在陌生的地方待了一个半月。我长时间伫立在窗前，望着远处星星点点的灯光，透过崇山峻岭，越过那茫茫大戈壁和盐碱地，仿佛能看到远方来路空旷旷的，感受到了那种“风萧萧兮易水寒”的悲壮情怀，也感到人生苦短，许多莫名意外便会来临，真有些唏嘘和迷茫。疫情防控何时为止，我们这些凡人哪里会知道。如此静默下去，很多工作怎么去完成？病毒不随人意而消逝，只是有增无减地横扫着大地，往后路难行……

要离开茫崖，必须有政府的通行条。我们来到平安巷社区，要求办理出行手续。原本我们以为直接离开就可以，但守关卡的工作人员严肃地告诉我们：“不行，必须要出行条。”于是我们赶紧去办事处办理出行条。办公室工作人员的态度倒是很好，说的话却很硬。他说：“要办出行条，第一必须要你目的地所在社区盖章同意接收；第二还必须电话联系社区负责人；第三还要这边政府盖章；第四需有领导签字的出行许可证明，才可放行离开茫崖。”

我们解释道：“我们不再回茫崖了，还要如此繁琐吗？”他们斩钉截铁

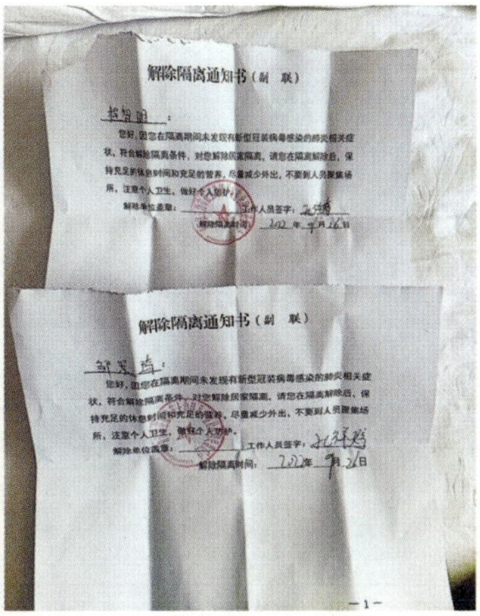

解除隔离通知书（副　联）

您好，因您在隔离期间未发现有新型冠状病毒感染的肺炎相关症状，符合解除隔离条件，对您解除居家隔离，请您在隔离解除后，保持充足的休息时间和充足的营养，尽量减少外出，不要到人员聚集场所，注意个人卫生，做好个人防护。

解除单位盖章：　　工作人员签字：

解除隔离时间：　　年　月　日

解除隔离通知书（副　联）

您好，因您在隔离期间未发现有新型冠状病毒感染的肺炎相关症状，符合解除隔离条件，对您解除居家隔离，请您在隔离解除后，保持充足的休息时间和充足的营养，尽量减少外出，不要到人员聚集场所，注意个人卫生，做好个人防护。

解除单位盖章：　　工作人员签字：

解除隔离时间：　　年　月　日

—1—

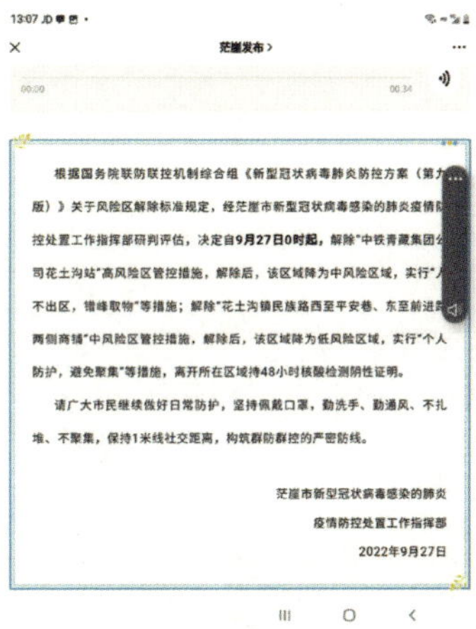

茫崖发布 >

根据国务院联防联控机制综合组《新型冠状病毒肺炎防控方案（第九版）》关于风险区解除标准规定，经茫崖市新型冠状病毒感染的肺炎疫情防控处置工作指挥部研判评估，决定自**9月27日0时起**，解除"中铁青藏集团公司花土沟站"高风险区管控措施，解除后，该区域降为中风险区域，实行"人不出区，错峰取物"等措施；解除"花土沟镇民族路西至平安巷、东至前进路两侧商铺"中风险区管控措施，解除后，该区域降为低风险区域，实行"个人防护，避免聚集"等措施，离开所在区域持48小时核酸检测阴性证明。

请广大市民继续做好日常防护，坚持佩戴口罩，勤洗手、勤通风、不扎堆、不聚集，保持1米线社交距离，构筑群防群控的严密防线。

茫崖市新型冠状病毒感染的肺炎

疫情防控处置工作指挥部

2022年9月27日

▲ 远处星星点点的灯光，仿佛能看到远方的家

▶ 拿到解除隔离通知书，这便是我们撤离的通行证

▶ 这是我们每天关注的文件

地说："我们是在对你们负责，如果你们出去了，没地方收留你们，出现危险怎么办？你们又回来，我们是不会接收的，所以你们必须要有接收的地方。"

言之凿凿，也的确有道理。还好，前几天我们就找相关医院开出了证明，老程是做过心脏射频消融术的人，医院需定期复查。继而我们给社区打去电话，问可否回家。那边开始有些犹豫，社区人员认为多一事不如少一事。我们再三申辩之后，他们同意了，给了我们肯定的回答："可以的，回来吧。"办事处的工作人员忽视了一个很基本的问题，那就是茫崖到北

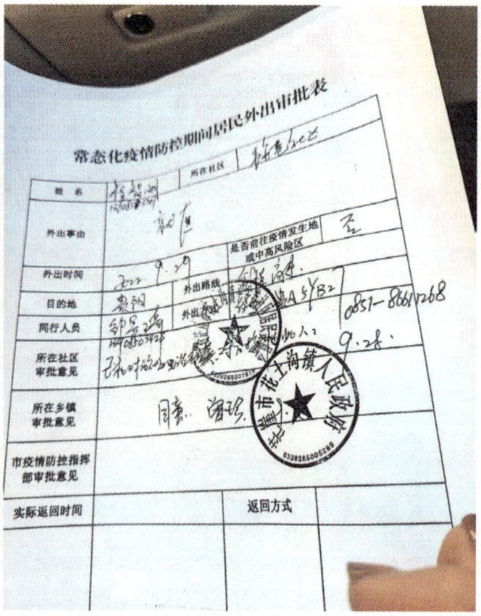


▲ 出行通行证

▲ 花土沟集贸市场，是我们几乎每天必来之地

京几千公里，其间我们在哪里住，谁管啊。但对于工作人员来说，他不管中间的距离，只要有接收地就交差了事了。

就这样折腾了半天，平安巷社区的人核实完毕后，又等了两个多小时，待主任签字盖章后，才指示我们还要去镇政府盖章，他这儿只能代表居委会的意见。我们当即赶到镇政府，还有几分钟就到下班时间了，还好我们

▲ 宽敞的街道看不到一个人

及时找到了相关的人，手续全部办齐，红印章落下那一刻，我们悬着的心才放下了。得到了如此珍贵的放行证明，终于我们自由了。

要离开茫崖了，我们又习惯性地来到茫崖市场，这里留下了太多忆念。不知不觉中，我们又来到了眼前的蒸菜馆和家常小炒店，是四川泸州陶氏父子在这儿经营的。爸爸 1968 年出生，儿子 1989 年出生。疫情期间，父子俩惨淡经营着，从一开始我就常来照顾他们的生意，有时候还会在一起说说话，可怜这对父子在疫情期间，日子要过，房租要交，和千千万万底层人一样，努力地生活着，支撑着自己的小家。我在市场转了一圈，和市场里熟悉的人告别。当我们信步走出花土沟市场时，但见天上的云朵层层叠叠，阳光虽强，气温还挺凉，宽敞的街上看不到人，看不到车，这已经是茫崖花土沟的常态。

到茫崖这么长时间，我们还没有到公园转转。于是我们索性顺路走进茫崖公园。别看茫崖人口不多，但是公园的面积还挺大的。总体设计很前

▼ 茫崖公园

卫，有拱桥，石栏杆，还有清澈的小河，以及错落有致、设计精巧的亭子和长廊。公园里只有两三个游客。我在脑海里飞快地设想如果是非疫情时候，这里定会聚集许多的游客。

从公园信步出来，就看到西港航空酒店附近的包子店，这是我比较喜欢的味道。这家包子店的包子用料讲究，今天也想过来饱饱口福，平常顾客不少，还要排队购买。走过去定睛一看，不知是哪位顾客未扫码，连累安仔包被贴上了封条，导致其关门停业。于是我们走了两条街去买餐。路边三三两两的都是石油工人，小亭里是卖煎饼的一对河南夫妇，我们的车

▼ 西港航空酒店

子就停在旁边等候，买上两份煎饼回宾馆。

路上，远处的雪山，苍苍茫茫横贯在眼前，一望无际。雪山下柔美的、静静的尕斯湖波光粼粼，闪烁着迷人的色彩。如果不是疫情，怎么也不会来到茫崖这片净土。感恩上帝的指引，让我们享受了一段人生美好的时光。

站在城边，315 国道上的车辆稀稀拉拉的，却没有一辆小车在这条生命线上奔跑。眼前笔直的路直接通向不知名的远方，环绕着茫茫的雪山和美丽的尕斯湖。这时我的手机响了，朋友发来的一则新闻："核酸单阳的患者必须结合临床表现，实验室检查结果和 CT 影像学表现来确诊，否则单独阳性的患者不再确诊为新冠肺炎患者。"政策开始有些松动了，把新冠病毒感染者和新冠病毒患者区别开来，这是科学的。我想，三年了，该

▼ 我最爱的味道——安仔包

▼ 河南人的煎饼亭

▲ 路通往远方，却在脚下

▲ 大漠中的磕头机

▲ 笔直的路直接通向不知名的远方

有尽头了。

明天此刻我们要离开茫崖了，在此，我用眼睛尽情地搜索着眼前的一切，努力把茫崖的美景都定格在内心深处。哪怕是最后一天了，我还给新疆防疫办打去电话，盼望新疆能够解封，但对方给我们的答复是目前还不行。

日子过得真快，我们在茫崖整整待了 42 天，守望着进疆的日子，但一次次地让我们失望。茫崖蓝天如洗，白云朵朵，雪山旷野如画，民族风景如歌。在这块纯净的土地上，汉、蒙古、藏、回的民族团结一心，守望相助，在这里你能感觉到那种和谐、安静、团结。这片戈壁绿洲现在是那样生机勃勃，那么多开采石油的磕头机，是大地的符号，是青春的亮点，让人感觉到这是一片充满希望的田野。大戈壁、大沙漠没有为难茫崖，让茫崖成为绿洲，成为丝绸之路上重要的驿站。

有幸在这里住了 42 天，我们深感内心像被清洗过一样那么爽快，我们没有任何遗憾和抱怨，感谢上帝之手牵引着我们到达这片沙漠要塞。美丽茫崖虽然在柴达木盆地的西边，在沙漠戈壁滩的包裹之中，但是它并非孤岛，而是灵动的绿洲，南北的重要通道。曾经的茫崖，这一带驼铃声声，商贾不断，那是我们中华古文明的咽喉之处。现在，它仍然是通甘入藏进疆的要塞，青海的西大门。辖区内有花土沟机场、格库铁路、新青川高速公路及 315 国道，形成了重要的交通战略枢纽和现代的物流结点。茫崖成为我们生命中挥之不去、将永远铭记在心的沃土。

## 16. 令我牵挂的流浪狗

▲ 狼狈的臭狗熊

离开茫崖，最令我牵挂的是那一群毛孩子。在我们宾馆的门口，有一个小卖部，小卖部前拴着一条狗，名叫臭狗熊。从名字就知道它的地位。主人随意取名字叫“狗熊”也就罢了，前面还要加个“臭”字。它就一直被扔在路边，拴着铁链子，既没有狗窝，更没有特意准备的狗粮，剩的饭菜便是它赖以生存的食物。尽管如此，它仍忠诚地守候在主人的门口，若是有可疑的人经过，它便会狂吠。每天我都会给它送一些食物，似乎这样，我的良心才过意得去。开始它看到我总会狂吠，渐渐也生情了，只要我走近，它会使劲摇着尾巴，仿佛在对我诉说着它内心的情感，也许在表达它对我的欢迎。真所谓狗有狗命，投生到什么样的人家便过什么样的日子。同样是狗，有的会被主人像宝贝一样宠爱，像亲人一

▲ 宾馆院里流浪狗妈妈和它的 5 个宝宝

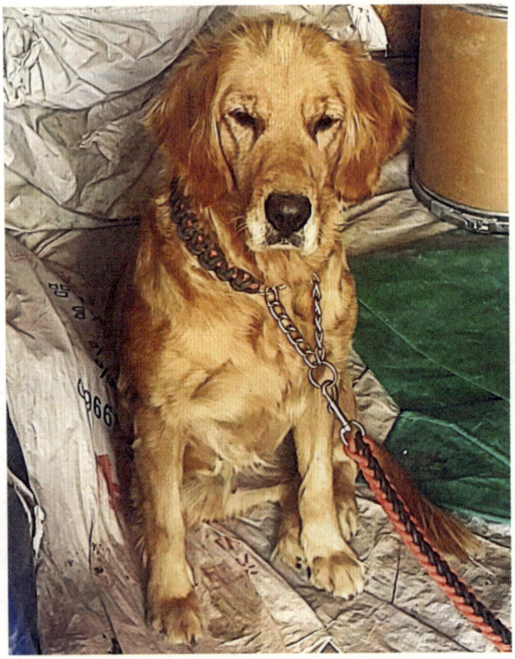

◀ 院里的金毛老是无精打采的

样对待，但是，有的狗就像它如此狼狈了。

在茫崖宾馆院里的一群毛孩子，它们是流浪狗妈妈和它的 5 个宝宝。这里还有一条主人收养的金毛流浪狗，它被牢牢地拴在院子里，看着任何人都是无精打采的。而它身边的一条同为流浪狗的小毛孩子，虽然没有被铁链拴着，但仿佛生下后受了很大的惊吓。据说它妈妈生下它后就被残忍地打死了，于是给它造成了很大的心理阴影，从此谁也别想摸它。就连狗主人每次投食，它都会惊恐地保持距离，它打小看着妈妈被人类杀害，因此看着人类就像看见敌人。直到有一天它遇到了金毛犬，渐渐熟悉以后，它们成了最好的朋友。于是它天天就在金毛犬旁边转来转去，有时候它们也会头对头地玩耍嬉戏。明天就准备走了，我却没有看到它，我问院子里的狗主人即宾馆的老板是怎么回事，老板平静回答道：“小狗拉肚子，我们没注意，已经走了。”

对此，我感到很伤心也很诧异，我说：“它既然生病，干吗不送它去医治呢？”

主人回答说：“没想它会走这么快啊，生命如此地脆弱。”

我也很自责，自己没有看顾好它，如果我没有被封控，能早点知道它生病，一定会挽救它，如今它还会是活蹦乱跳的。我被封控在房间里，也不知道事情会发生到这一步。

院子里的流浪狗妈妈和它的5只毛孩子，现在只剩下4只。最大的那只，也是在我被封控的那几天，随妈妈外出觅食，出了车祸，永远告别了这个从小长大的院坝。这4只小狗营养不良，我临走前，给酒店老板送了200元，希望她给这些小狗买一些食物，以此慰藉我的良心。这些毛孩子深深吸引我，也牵挂着我的心。

我在茫崖见过其他的流浪狗，据当地人说，以往狗狗还能弄到一点吃的，但因为疫情封控，大多餐厅关门了，没有了来往的客人，完全失去了食物来源，真成了丧家之犬，饿得只剩皮包骨。周围是沙漠和戈壁，何处觅食，它们也在等待疫情结束，能吃上一顿饱饭。可是，冬天很快就会到了，它们该怎么熬过寒冬啊？唉，我心里很悲伤，但我也没有办法帮到它们。

▶ 这就是到天堂去了的那只小狗

当地人还告诉我说，因为茫崖太小，流浪狗繁殖的速度又太快。于是，打狗队每年都会狠狠地打击流浪狗。打狗那几天，这些小精灵会躲得远远的，无影无踪地自我保护起来，也许院子里小狗的妈妈就会这样死于非命吧。我真的很不愿听到这样的故事，让我平添唏嘘和忧郁。就要离开茫崖了，我脑海中还回响着它们的叫声，还浮现出它们拼命摇着尾巴欢迎我的那份真诚。我只有祈祷上苍，也祈祷当地人能够善待这些毛孩子吧。

## 17. 别了，茫崖

茫崖，花土沟，我们就要离别了，好不舍。我们刚来时很不适应，买了好几罐氧气瓶，每天早中晚都会吸氧。毕竟海拔 3000 余米，氧气量只有海平面的 70%，水烧到 80 度就开了，但几天过后我们就习惯了。今日凌晨

◀ 手机背面的标签——“核酸已检”

▲ 有棱有角的阿尔金山，映衬着碧蓝的湖水

一别，何时温馨再来……

从 2022 年 8 月 16 日进入茫崖，到今天 9 月 28 日整整 43 天了。这期间我内心的变化是很丰富的，感受到了无奈，感受到了困惑，到后来感受到了心静下来的安逸，放慢了脚步，戈壁滩也会变成乐园。人真的是矛盾体，在一种感觉和另一种感觉交织在一起时，竟会产生很厚重的眷恋。环视着这里的一切，我生命的 43 天是在这里度过的，我的内心交融着许许多多说不清道不明的情愫，下一站的归属在哪里，不得而知，不知何方能够收留我们，疫情期间一切都是未知数。昨天，我们特地去商场买了两床被子，两件矿泉水，还有一些食品放在车上，以应付要在车上住，车上吃。当我们拉上车门那一刹那，感觉到心里有些空落落的。此刻茫崖人还在梦乡，万籁俱寂。在这个完全陌生的城市，我们度过的每一天，都留给了我人生中难忘的印记。

▲ 阿尔金山隧道施工难度极大，是连接甘肃和青海的重要通道

我竟还会留恋宾馆里的饭菜，被封控的那段时间，中餐晚餐各 15 元，早餐 10 元，2 元一个茶叶蛋的日子，如今都成了美好的回忆，再也不可能回去了。

在这一个半月中，老程已经看完了三部书，《水浒传》《三国演义》和《西游记》。这里很平静，人们的脚步都好慢，没有对比就谈不上竞争，从从容容地走自己的路，过着自家的日子。在茫崖的日子好慢好慢，在这里很舒适，但也慢得耽误了许多事情，但仔细一想，管他呢，地球并不因为我们的不作为而不转动，家里也不会因为我们的离开而有所影响。是自己想多了吧，很多事情只要心态对，就会是阳光明媚的，何必庸人自扰。人世间的事走一路便会了断一路，别那么自作自受吧。

告别了阿尔金山，告别了尕斯湖水，我们到了城边出口，面对防疫人员，我们亮明了通行条。他们认真审查完各项证件，收掉通行条后，放我们通行。放行那一刻，我们简直开心至极，那种兴奋不是一般人能体会得到的。

两位七旬老人，背井离乡，在这里居住了 43 天，一般人都很难做到。我们驾驶着车子行驶在 315 国道上。近处的湖水，清澈明亮；远方的雪山壮丽无比，有棱有角的阿尔金山，映衬着柔美的湖水，一硬一柔，反差极大，显现出那种独特的美。湖水和群山旁的磕头机成片成片，大自然的柔美和冷冰冰的工业组合在一起，让人觉得天地之广阔，人物之渺小。

▼ 太阳从地平线缓缓升起

▼ 过五关经疫检，一路奔忙

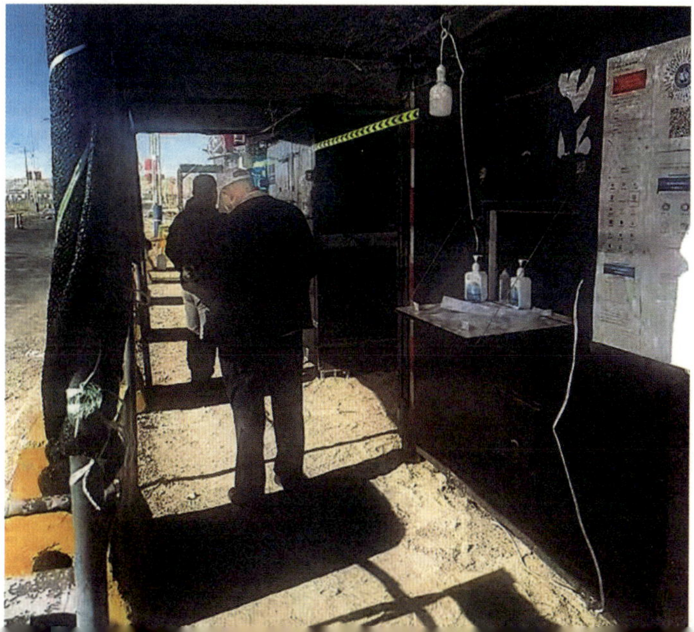

▲ 一路上难得有一个开放的加油站

车子行驶在沙漠中已两个小时了，到了分道口，我看了手腕上的手表，此时 8 点 11 分，一边往东 315 国道，格尔木方向；一边往北 215 国道，往甘肃、内蒙古走。往北，过敦煌，过嘉峪关，然后是我们计划要去的内蒙，再由此回京。现在我们有经验了，赶紧查看哪些地区是低风险，就设法留宿。每座城市的疫情，每天都不一样，我们得随时注意途经城市的疫情动态，保证安全顺利返京。

久待茫崖，现在终于看到了另一片天地，脚下的盐碱地，头上的蓝天白云，我不由哼起小曲："这一切真好，真美！"

车行驶至冷湖镇，冷湖镇是因石油而建的小镇，是一个鸟都飞不到的地方，距离茫崖市区 200 多公里。这里是雅丹地貌，酷似火星营地，是世界上最不像地球的地方。此地也是青甘两省交界处，沿着 215 国道前行，便进入甘肃境内。

这一路上，我们夫妻俩交流着在茫崖度过的日日夜夜。窗外的

风光，西北的壮美真是无以言表。不觉中，下午时光便到了临时选择的目的地——敦煌。前面是阿尔金山隧道，穿过这条漫长的隧道，就更接近敦煌了。这条隧道全长7.4公里，正因为有了这一条条的隧道，天堑才能变通途。前方通过了肃北，我们在寻找低风险区域入住。每一段路程对我们都是挑战，只有方向选对了，才有归宿，疫情状况就是我们前行的风向标。

车上，我们查询了前方城市的风险等级后得知，目前距离我们最近的低风险区只有敦煌。敦煌可否让进还是未知数。在西北，但凡是个关口都不让进，加之我们又是从海西州高风险区来的，更意味着我们是带病毒的群体，要进入城门，恐怕会被拒之门外。我们忐忑不安，在内心祈祷着：一定要让进城。远远地，我们看见了敦煌西的高速路入口，越来越近了……

# CHAPTER 4

# 壮　哉　甘　肃

# 2022.9.28-10.16

2022 年 9 月 28 日到 10 月 16 日，祖国为二十大做准备期间，我们纵情游览了甘肃、河北，经过了宁夏、陕西、山西等省，在我们西行漫游的旅途中留下了浓墨重彩的一页，内心烙下了深深的印记，尤其是敦煌和武威，既领略了西北风光，也感受到了浓浓西北情，有许许多多值得回味的人和事。

## 1. 敦煌的国庆节

停留敦煌，不是我们出发时的初心。原计划目的地是内蒙古额济纳旗，我们打算去那儿看胡杨林。只是在路途中，经过多方证实，额济纳旗对来自青海的人是全域禁入的。不管你来自青海中高风险疫区，还是低风险疫区，统统不准进入额济纳旗。离我们最近的只有敦煌，尽管敦煌的防疫平台回答是不准下高速入境，但我们还是要去撞撞大运，天已渐黑了，倦鸟归巢，没有地方可住。

我们完全没有把握，提心吊胆地将车子驶进了敦煌西高速站，一下车便有人走过来，明确告诉我们，你们要进入敦煌，必须接受 7 天的封控，7 天以后你们才能出去自由活动，如果能够接受请进，如果不能接受请返。这一切在我们想象之中，还能够接纳我们，总算有个地方投宿了。我们刚在茫崖封控 7 天，现在又要进入 7 天封控，内心是不情愿的，但没有办法，只能服从命令。天色也慢慢地黑下来了，那就认了吧，隔离就隔离吧，别无他法。

敦煌的工作人员倒是挺有礼貌，毕竟是文明旅游城市。他们耐心地给我们说明有哪些规定，并开玩笑地说："你们是自投罗网，隔离费用需要自理。"

▼ 防疫封条

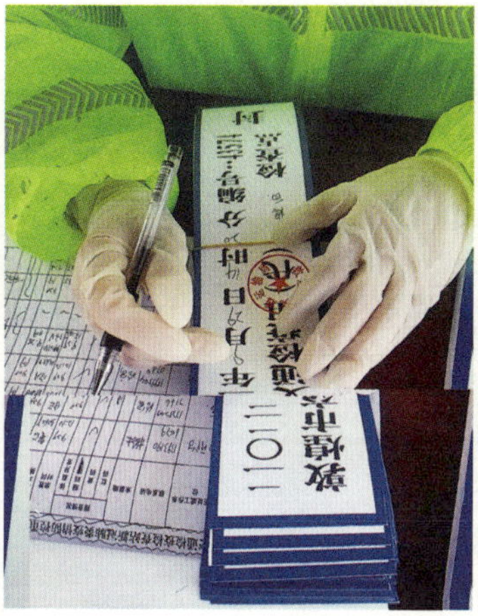

▼ 向防疫工作者致敬

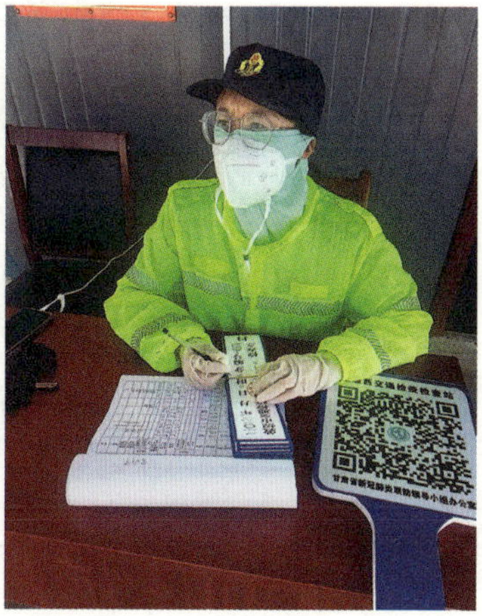

而且还明确地对我们说，政府规定入住的酒店叫富丽华大酒店，房费是130元一个晚上，但需要分住两间房，每天做核酸，现在就要做落地检。我们认真地说：“早晨离开茫崖时候刚做的核酸，路上也没有接触其他人，可以不做吧？”但对方坚定地说：“不行，在这儿必须要我们的核检。”

▲ 离敦煌市区越来越近了

工作人员很认真地登记完身份证，查验我们三码之后，把我们的身份证放在登记的表格上，对比拍照下来，紧接着就请我们上车，继而立马把车门全部用封条封上，然后站在车门前，很严肃地告诉我们：“你们不能动封条，到酒店后，由酒店工作人员解封，才能入住，7天脱敏期后，方能解禁。”

▲ 这就是我们在敦煌临时的家

我们认真地听着，不停地点头。这些工作人员都很和蔼，末了还叮嘱说：“两位老师慢慢开吧，要注意安全。”挥手作别后，我们夫妇俩就一路浩浩荡荡向市区富丽华酒店进军。

我们夫妇俩分别于20年前来过敦煌，现在再次造访，全不是原来的敦煌，不过40分钟，我们便很通达地到了酒店。路上，人气很旺，店铺全开，完全不像茫崖那样封闭的景象，一派政通人和的感觉。富丽华酒店是政府指定封控人员专用酒店，进入酒店后确实有防疫人员指挥我们开到指定停车区，工作人员认真地撕掉封条，登记入住。

▲ 揭掉封条开启车门，又是一段新的防疫体验

▲ 敦煌富丽华酒店的大堂

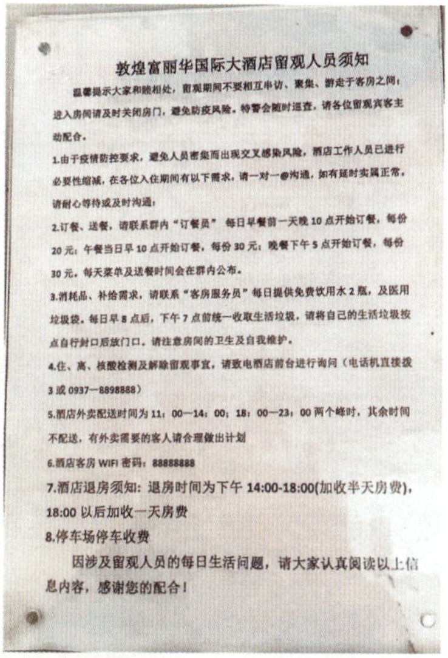

敦煌富丽华国际大酒店留观人员须知

温馨提示大家和睦相处，留观期间不要相互串访、聚集、游走于客房之间；进入房间请及时关闭房门，避免防疫风险。特警会随时巡查，请各位留观宾客主动配合。

1.由于疫情防控要求，避免人员密集而出现交叉感染风险，酒店工作人员已进行必要性缩减，在各位入住期间有以下需求，请一对一@沟通，如有延时实属正常，请耐心等待或及时沟通：

2.订餐、送餐，请联系群内“订餐员” 每日早餐前一天晚 10 点开始订餐，每份 20 元；午餐当日早 10 点开始订餐，每份 30 元；晚餐下午 5 点开始订餐，每份 30 元。每天菜单及送餐时间会在群内公布。

3.消耗品、补给需求，请联系“客房服务员”每日提供免费饮用水 2 瓶，及医用垃圾袋。每日早 8 点后，下午 7 点前统一收取生活垃圾，请将自己的生活垃圾按点自行封口后放门口。请注意房间的卫生及自我维护。

4.住、离、核酸检测及解除留观事宜，请致电酒店前台进行询问（电话机直接拨 3 或 0937—8898888）

5.酒店外卖配送时间为 11：00—14：00；18：00—23：00 两个峰时，其余时间不配送，有外卖需要的客人请合理做出计划

6.酒店客房 WIFI 密码：88888888

7.酒店退房须知：退房时间为下午 14:00-18:00(加收半天房费)，18:00 以后加收一天房费

8.停车场停车收费

因涉及留观人员的每日生活问题，请大家认真阅读以上信息内容，感谢您的配合！

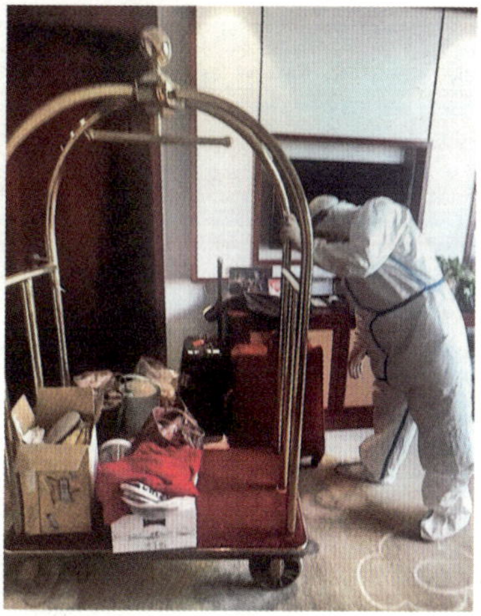

酒店明文规定，低风险地区来的隔离 3 天，我们是从高风险的海西州来的，尽管我们所在的茫崖花土沟属于低风险，但仍然划为高风险，规定隔离 7 天。于是让我们交了 1000 元的伙食费，并要求仔细阅读留观人员须知，审查证件后，发给我们房门钥匙。

在登记入住时，我们特地告诉前台工作人员，我们是老人，要相互关照，希望给我们安排一个套间。按要求，必须是单人单间。她们也很人

▲ 整洁且宽敞的酒店房间

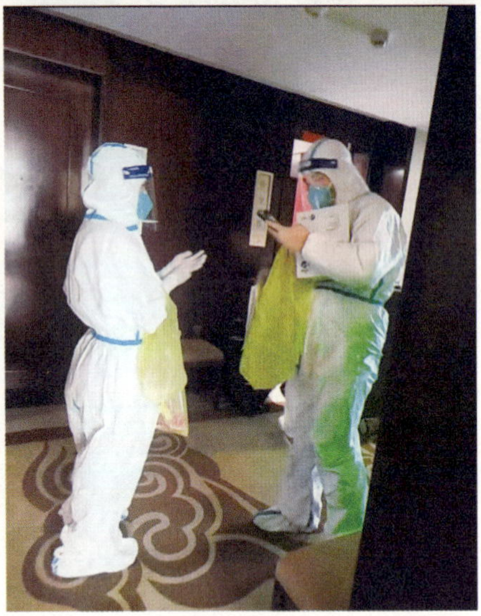

▲ 每天早晨核酸检测

性化：“费用要贵一些，每天晚上 300 元。”我说：“没关系，只要两个人住在一起能相互照顾就行了。”办完全部手续，工作人员把零零碎碎的东西全部拉上楼。套间宽敞明亮，外面是沙发，客厅有大电视，里边是卧室，一张大床，还有一台电视，整体的结构符合四星级标准。

住进酒店便不许出门，这是规定。7天中的第三天便是国庆节，每年我们都是阖家团聚，此刻我们孤独地留在了敦煌，回不了北京，也见不了儿子，还有5个月大的孙女，真有些遗憾。酒店里几乎都住满了来自天南海北的人，在这里共度国庆节。10月1日，一大早我便坐在电视机前，看着天安门前的大花坛，举国同庆。乐观的心态便是最好的养分。这一路上，我们已经养成了随遇而安的好心态，无论在任何困境下，只要心态好，每天便是阳光。遇到困难，我们夫妇俩总是相互打气，前路漫漫难自料，只有随遇而安方为上。疫情防控人人有责，没有什么好闹情绪的。如今在敦煌落脚，也是一种人生极其难得的体验，我们是勇敢者，是能够迎着疫情而上的开拓者，用我们自己的步伐去丈量人生的精彩，用我们的行动逆流而上去挑战重重困难。

纵观现在国内的疫情，一会儿这儿冒出来，一会儿那儿又冒出来。政府尽了好大的力，在为百姓做主，尽力抗疫。电视报道，云南又突然疫情暴发，原来干净得不得了的西藏也成了疫情省，新疆据说10月都不会解封。贵州原本是清凉世界，在9月3日突然打乱了，一直封控到9月29号才放开。蔚蓝的天，坚实的大地，原本可以甩开双臂，迈开双腿，在大地上自由地奔跑，努力地工作，但是因为疫情封控，一切都按下了暂停键，毕竟生命为重，健康为上，这也是情理中的事。

早中晚都有敲门声，那是工作人员送餐来了，他们把中药汤和餐食放在凳子上。早餐每人15元，中晚餐每人30元，每次例行的敲门声都很准点，他们非常地辛苦，很感谢他们的付出，感谢他们的坚持，才有国家的安宁，人民的健康。20年前我来过敦煌，当年是带队过来学习培训的，而我们现在是过来体会疫情防控的。人在世上走，难以估量明天有什么事会发生。

今天是国庆节的第二天，仍然是看书写作。小乾坤大世界，虽然困在房间里出不去，只要有书，有茶，有笔，有纸，就乐在其中了。这个特殊的国庆节，在万家团聚之时，坐在客厅沙发上观看一场精彩无比的中国对美国的女篮冠亚军争夺赛，中国完胜美国，给国庆佳节送了一份大礼。看完后，给我内心烙上了四个字，“敢于拼搏”。虽困在房间里，但给了我成块的时间去思索，静观以前的坎坷，人生便如斯，耐得住寂寞，经受得了困苦，享受得了辉煌，便能冲得上高峰。

酒店里住得满满的，有将近200号人。我们夫妇俩是幸运的，被特别批准合住，按照规定，哪怕夫妇俩都必须各住单人单间。这7天，小小的房间，是我们整个的世界。每天，听完三次敲门声便意味着一天的结束，日子倒也过得很有规律，时光滑得很快。

在敦煌富丽华酒店里，我们夫妇俩度过了难忘的国庆节，这是平生最特别的节日。2022年10月5日，这是我们离开敦煌封闭隔离酒店的最后一天，在两点以前，便通知等待核酸检测通过后能放行。今天一大早，核酸已经做好了，早餐中餐也吃过了，行李打包整整齐齐地放在门口，等着收到《解除留观告知函》，方可启程。我收到了朋友发来的信息：外事人员非必要不可以入疆。对此，我庆幸离开茫崖，这确实是正确的选择。中

▼ 每天的看书写作，乐在其间

▼ 早中晚的敲门声像时钟一样准时

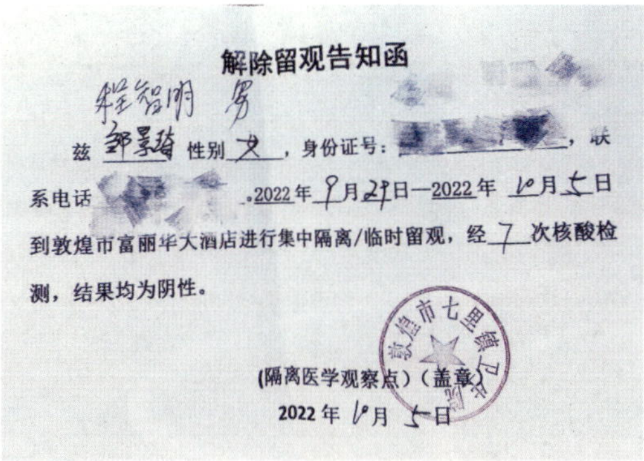
解除留观告知函

程智明 男

兹 郭景琦 性别 女 ，身份证号：[redacted]，联系电话 [redacted]。2022 年 9 月 21 日—2022 年 10 月 5 日到敦煌市富丽华大酒店进行集中隔离/临时留观，经 7 次核酸检测，结果均为阴性。

敦煌市七里镇卫生院

(隔离医学观察点)（盖章）

2022 年 10 月 5 日

▲ 这是我们离开隔离酒店的通行证

午两点，酒店通知我们可以启程了，我们夫妇俩兴奋得像小孩一样，提溜着行李放上行李车，回头看了一下我们临时的家，我们把被子叠得整整齐齐，把沙发和桌子收拾得干干净净，地上哪怕小小的纸屑都收拾干净。这是我们曾经的家，我们要让它和茫崖一样，用干净整洁的新面容去迎接新朋友。当一切手续办完，开着车驶出富丽华酒店的那一刻，我又一次感受到了重生，脚踩大地，沐浴阳光，昂首向前。

## 2. 夜游鸣沙山月牙泉

步出富丽华酒店，走在大街上，熙熙攘攘的人流，许多人都没戴口罩，进入商城也不用查询健康码，倒是自在。根据当地人的推荐，距离月牙泉不远的地方，有个叫伊沙堡的民宿。此民宿是深圳老板过来开的，庭院前小水渠流着清澈的水，道路两旁参天白杨树，别有一番情趣，散发着浓郁的大西北气息，也蕴含着时尚的底蕴。每晚房费 680 元，还算是给我们打折后的价格。入住当晚，老板给我们送来一大盘鲜枣，他告诉我们，这就是窗前枣树的果实。民宿老板告诉我们，他是今年 5 月份花 300 万修建的

▲ 迷人的鸣沙山，诗意的月牙泉

房子。这里的老百姓挺和善，不会找麻烦。我们也有同感，敦煌的百姓见多识广，群体素质是良好的，没那么多事情。老板租的是村长的地，那就更方便了。晚饭，老板亲自炒了几个菜，炖羊肉，炒鸡蛋，清炒土豆丝。我们边吃边聊，说这趟旅行中的见闻，说着其间的感受。饭后，老板在收拾碗筷时，给我们建议说："如果你们不累，可以就着月光去月牙泉或者鸣沙山逛逛，夜晚的公园别有一番韵味。"他还补充说，"不要开车，步行过去哦。"觉得这个主意不错，我俩虽然年龄大，但精力很充沛，再加之7天封控，我们休息得很好，于是我们就漫步而行，在沙沙作响的杨树下，伴着月光，向着不远处的月牙泉前行。

步入公园，慢慢走到了鸣沙山和月牙泉的跟前。这时候，夜空升起一轮明月，好美，映衬着茫茫沙漠以及那一湾清澈的泉水，你能感到"此景只应天上有，人间能得几回见”。天上的月色与沙漠中的月色相互辉映，真是好看极了。大自然是如此地鬼斧神工，沙漠中是如何飞来这一湾泉水，真是让人搞不懂，这景象让人拍案叫绝，千百年来亘古不变，静静地迎送着不计其数的游客，真是令人震撼。尽管我们 20 年前来过，那是白天来的，没有夜晚这么富有诗意，对比度如此强烈。

月光之下，我们顺着栈道，攀登鸣沙山。沙子太软，根本找不到着力点，脚踏在上面很费劲，但我们还是一步步前行，直到山顶。我很费解，沙子

▶ 每天无数人踩踏，鸣沙山从来不会降低它的高度

▲ 天边走来一队队骆驼

▶ 沙漠美景

如此松软，可沙丘却从不会降低高度，滑下去的沙子仿佛随时又回到了山头。更让我们好笑的是，上午还在封闭的酒店里发呆，而今就可以自由自在出入闹市，应验了那句老话“船到桥头自然直”。当我爬鸣沙山时，深一脚，浅一脚，忘却了所有烦恼，专注于脚下的路。与鸣沙山遥相呼应的是月牙状的泉水，大自然真是太神奇了，泉水清澈，鸣沙山壮观，敦煌啊，虽然是大西北的城市，却有江南的优雅。

◀ 月牙泉宛如江南水乡

娟秀的月牙泉与粗犷的鸣沙山如此美妙地组合在一起，中国韵味十足的建筑，以及门楣上的对联，让你仿佛来到了苏杭。这些对联仔细读来让人感到含义深刻：“山凉云作被，泉静月为灯”，好对仗，多雅致。我拍摄下了这些对联，更在内心记下这难忘的夜晚。

敦煌鸣沙山月牙泉景区，位于甘肃省敦煌市城南 5 公里处，占地面积为 76.82 平方公里，核心景区面积大约 12.79 平方公里，被誉为“塞外风光一绝”。

鸣沙山东起莫高窟，西至党河口，东西绵延 40 公里，南北宽约 20 公里，主峰海拔 1715 米。山体由红、黄、绿、黑、白五色细沙堆积而成。鸣沙山以沙动成响而得名。东汉称沙角山，俗名神沙山，晋代始称鸣沙山。峰峦危峭，山脊如刃，经缩复初；人乘沙流，有鼓角之声，轻若丝竹，重若雷鸣，此即“沙岭晴鸣”。

▲ 雅致的对联

月牙泉地处鸣沙山的环抱之中，因形状酷似一弯新月而得名。

今天真是快乐，谁知道还留了一个伏笔和遗憾，快乐不知愁来到，这是明天我们才会领受到的。

夜游鸣沙山的人很多，偌大的公园人头攒动。从月牙泉出来，外面是一个个小摊位，都在营销当地旅游特产。我饶有兴趣地一家家逛过去，也买了一些喜欢的小礼物，比如沙漏、书签以及印着当地景观的扑克牌。已经夜深了，我俩才慢慢回到住地。

## 3. 雄奇阳关玉门关

还是孩童时，我便听过阳关和玉门关的故事。雄奇的中国古战场，是中国西北的边塞，也是古丝绸之路的要塞。今天，2022 年 10 月 6 日，我终于可以去一睹风采，顺便还将去附近的魔鬼城。早上太阳还没露头，早早地，我俩就起来洗漱好，7 点钟便开车前往了。

脑海里回想着王维的《送元二使安西》：“渭城朝雨浥轻尘，客舍青青柳色新。劝君更尽一杯酒，西出阳关无故人。”这首诗千古盛传，对阳关和玉门关的宣传起到了至关重要的作用。

阳关，汉时西北边陲，长城防线上的著名关隘，是通向西域、中亚的西大门，自汉武帝辟路通疆后，即为都尉治所，系交通、军事上极其重要的据点。魏晋时置阳关县，在整个汉、晋、隋、唐时期，曾经有过空前繁荣辉煌的历史。

阳关是汉武帝刘彻时建起来的。敦煌本为乌孙人的聚集地，匈奴趁秦末农民起义和楚汉纷争之机，迅速强大起来，赶走了乌孙人，占据了整个河西，并对汉边境不断地骚扰。为了解除匈奴的入侵，汉武帝派张骞两次出使西域，遣霍去病远征河西，迫使盘踞河西的匈奴浑邪王和休屠王归降，将河西纳入了西汉的版图，雄踞两关的敦煌成为中西交通的门户，被称为“华戎所交一都会”。阳关因坐落在玉门关之南而得名，古人讲究的是山为阳，水为阴，而阳关的地势，就是山脉较多，所以称为阳关。

在阳关遗址，大风吹过，有的沙地表面便会裸露出文物，像古代的箭头、古钱币、陶片、陶罐等，因而得名为古董滩，当地俗语说：“一进古董滩，两手不空还。”在遗址区中还发现有古建筑物的地基和石材。古代的汉长城采取了因地制宜、就地取材的原则，一层沙石，一层芦苇，或者是湖柳的枝条，层层叠压，夯筑而成，由此被称为古代的钢筋混凝土结构，是非常牢固的。

只要认真看地图，便会发现在东面有一片绿洲，它就是敦煌市区的所在地。向西南行驶 70 公里，来到了阳关。再往前行 90 公里，就是玉门关。玉门关位于敦煌市西北。玉门关和阳关的直线距离是 80 公里，正好构成了一个三角形，形成一个进可攻、退可守的布防。在汉代为何要将阳关和玉门关设置于此，我查阅了史书，主要是三个原因，首先我们可以看阳关的地形，它的山脉是比较多，古人借山取势，在山峰制高点上设置了烽火台，这样远近数十里的敌情便可一目了然。而玉门关的地势就较平，又拥有水源，便可运送粮食，作为后方粮仓。两者相互映衬，占尽了地利。

被称为死亡之海的塔克拉玛干沙漠，又是无人区，在沙漠戈壁中最重要的就是水源。那么，阳关以水源为利，掌握了水源也就掌握了生命。玉门关，则是以疏勒河流经的沼泽地为聚水点，守住了水源，便能长期有效地防止敌人的入侵。还有一个原因，则是西出阳关和玉门关，就是西域。西域，指的是新疆。再广一点，指新疆以及新疆以外的地方，统称为西域。所以，古人过关时，需要一个合法手续，那就是通关文牒。有了通关文牒，才能有水源粮草的补给。据此，驼队才能顺利无阻地到达西域。

在此，为更好了解阳关和玉门关，我们参观了设于阳关的古代军事博物馆。博物馆虽不大，但资料翔实，恐怕全世界除这个博物馆之外，就没有更多能够如此接地气地介绍阳关和玉门关的展馆了。

▲ 博物馆稀有的文物

古代的先贤是何等智慧，在当时，照明是一个重要的问题，那古人是怎么解决的呢？大沙漠寸草不生，于是古人用了苣。苣，是用芦苇捆扎而成，分为大苣、小苣和停苣。遇到不同的敌情，就会燃放不同规格的苣，根据烟的大小去判断敌人的多寡。

汉武帝刘彻是雄才大略的帝王，他以主动进攻来抵御外族的侵犯。为西汉王朝的强盛和西北边境的安宁，以及中西交通的畅达繁荣，汉武帝在河西设了四郡，踞两关，也就是阳关和玉门关。筑长城，起烽燧，建立镇守，屯驻戍军。丝路沿线亭障驿站，遥相呼应，有效地传递信息，一旦遇到敌情，点燃苇炬，逐燧相传，形成了一道坚固的防线，使河西地区间阎相望，桑麻翳野，从而创建了中西经济文化交流的盛世。

在阳关，有一副对联："悲欢聚散一杯酒，南北东西万里城"。从这儿直到嘉峪关长城，两关长城凝结蕴含着中华民族勤劳智慧、勇敢坚定、宽容自信的民族品格，展现着中华民族热爱祖国，团结统一、自强不息的信念。这种民族精神和品格不仅是中华民族历史和文明发展的力量源泉，也是推动历史车轮前进的根本动力。

▼ 古代农具

▲ 博物馆外矗立的张骞雕像，令人肃然起敬

步出博物馆，便能看到矗立的张骞雕像，令人肃然起敬。提到阳关，张骞是功不可没的英雄，他是中国汉代杰出的外交家、旅行家、探险家，丝绸之路的开拓者，没有他，便没有丝绸之路。他曾两次出使西域，进一步强化了与西域的联系，而且丰富了中原的物质生活，发展了中西经济文化的交流，他辉煌的业绩被历代传颂。

回首过往烟云，西汉中叶，中国封建社会步入了历史上第一个繁荣期。张

▼ 张骞两次出使西域，开创了中外交流的新纪元

骞两次通使西域，开创了中外交流的新纪元，其“凿空之旅”形成的路线，后来被德国地理学家李希霍芬命名为“丝绸之路”。丝绸之路是自古以来，从东亚开始，经中亚、西亚进而联结欧洲及北非的东西方交通路线，是沟通东西方文明的“对话之路”。敦煌地处丝绸之路，丝路诸道，中外贸易在这里互通集散，东西文明在这里互鉴交融，孕育形成了博大精深、独具魅力的敦煌文化。阳关位于丝绸之路南道“咽喉锁钥”之地，是丝绸之路上重要的地理坐标和文化坐标。

丝绸之路是古代中国与西方之间的贸易之路、友谊之路、和平之路、开放之路。它把古代中国、印度、巴比伦、埃及、希腊、罗马等古老文明联结起来，实现了广泛而深刻的文化交流与文明互动。

绵亘万里，延续千年的古丝绸之路，积淀了以和平合作、开放包容、互学互鉴、互利共赢为核心的丝绸之路精神。它不仅是中华民族千百年来一脉相承、绵延不绝的优秀文化传统，更是丝绸之路沿线各国人民共同的精神财富。

从中华文明的历史深处走来，向人类共同的美好未来延伸，“一带一路”倡议为古丝绸之路赋予了新的时代内涵，开创了构建人类命运共同体的伟大探索和实践。

汉时通西域必经敦煌，有南北两条大道，南道由阳关西出，沿昆仑山北坡西行，越葱岭南部，直抵大秦。北道自玉门关西出，沿天山南麓，越葱岭北部，抵奄蔡再往大秦。这两条道路是当时经济交流的两大动脉。

这段历史是我早年就接触到的，而今身临其境，颇为震撼。

敦煌位于中西要道的咽喉之地，它是汉王朝国际交通、贸易、对外文化交流的要埠，是丝绸之路的总枢纽。既是汉王朝统辖西域的军政中心和战略要冲，也是中西交通南北两道的交合点和东西文明荟萃之地。肩负着“西抚诸国，总护南北交通”的重要任务。

汉王朝在河西建郡立县后，积极实行移民守边、屯田戍守的措施，同时与西域各国加强友好往来。内地先进的生产技术、工具、方法等被带到河西地区并得到广泛应用，推动了河西地区经济文化和社会生产力空前的发展。

魏晋以后，中原战乱频发，而河西地区政治相对安定，物阜民丰，经济繁荣，从而成为中原世家大族的避难之地。伴随着中原文化的西迁和五凉统治者对学术、文化的重视，以敦煌为中心的“五凉文化”大放异彩，涌现出“敦煌十杰”等一大批著名学者，一度呈现出繁荣兴盛的局面。

若无丝绸之路的繁荣，不会有敦煌，也不会有阳关、玉门关，它们是相互依存的。通过丝绸之路，东西方的物产、物种、工艺、技术、货币、人流等相互的融通，文化、宗教、艺术相互浸染，不仅促进了古代东西方各国的贸易往来和文化交流，且丰富了丝绸之路沿线各族人民的物质生活和精神生活。随着思想文化和科学技术的广泛传播，丝绸之路变得越来越繁荣，造就了世界文化历史的灿烂和辉煌，推动了人类社会的文明发展。了不起的丝绸之路，强有力地促进了文明进程，如今我们吃的番茄、洋葱、葡萄都是通过丝绸之路，从西域传进来的，我们这是享受着古代先贤为我们创下的物质文明。

江山如此多娇，引无数英雄竞折腰，壮丽辽阔的中国大好河山，养育了中华各族儿女。

我们驱车顺着高速公路前行，一路上风景如画，眼前粗犷深沉的西部风光，壮美的风景让人目不暇接。一路上我们也看到因疫情特殊时期关闭的一个个加油站，以及停靠在路边长长的大货车群。这一位位司机，背后是一个个家庭，上有老下有小。没有汽油，他们无法驱车前行，下一步，该如何解决为好？防疫为重，人民健康至上！

车上，我们夫妇俩谈着博物馆里见到的乌鞘岭，还有黑河、祁连山、焉支山、黑山、疏勒河、讨赖河等许许多多我们没有去过的名山大川，将这一切列为我们下一步要前往的地方，希望用我们的脚步去丈量这一切。

河西地区，位于甘肃省黄河以西，夹在祁连山脉和北部山系之间，东南起自乌鞘岭，西北止于疏勒河下游，东西长约 1000 公里，南北宽数公里

▲ 这八幅图，就是河西地区的山水风光

到百公里不等，是一狭长的天然走廊，又称河西走廊。位于河西地区南侧的祁连山融雪在河西地区境内形成石羊河、黑河和疏勒河 3 大河流 56 条脉流，千百年来孕育着河西地区文明。自秦汉开始，河西地区就是维持中原稳定的重要屏藩。明代名臣杨一清曾言：“兵粮有备，则河西安。河西安，则关陕安，而中原安矣。”

这几幅图，就是河西地区的山水风光。河西走廊是中华民族的生命长廊，也是丝绸之路的必经之地。河是指黄河、黄河以西的地貌。北有北山山系，南有祁连山山系，构成了天然走廊，我们称为河西走廊，便是丝绸之路。当时战乱频繁，而河西地区，则相对稳定，吸引了中原十大家族来到河西地区避难。我们所看到的，是以“凉”为国号的一些政权，分别是后凉、

南凉，西凉与北凉。当时，对于文化的发展与西凉国的里高是密不可分的。里高，建立了西凉国，定都在敦煌。

阳关，通往西域的门户，丝绸之路南线的重要关隘，位于敦煌市西南。昔日的阳关城随着丝绸之路的没落早已荡然无存，仅留下半座烽燧遗迹。南侧的“古董滩”，黄沙下掩埋着许许多多的箭矢陶片，似乎要极力证明这里曾经的繁华靡丽，但终成过眼云烟。

“劝君更尽一杯酒，西出阳关无故人。”唐代大诗人王维的千古绝唱《送元二使安西》，让敦煌阳关成为中国人的精神故乡。这里曾雄关巍峨、商队络绎，使者相望于道；这里曾绿树成荫、街道纵横，骏马驰骋于野。阳关，始建于公元前 1 世纪西汉武帝时期，是中国最早的海关，丝绸之路的咽喉，

◀ 阳关烽火台遗址

◀ 阳关故址石碑

▶ 遗迹再现着昔日的辉煌与富饶

中西文化交流的通道。在中国人的心目中，“阳关大道”便是光明、希望和美好前景的代名词。伴随着蓬勃而出的大漠红日，一座偌大的边塞关城横亘在戈壁沙漠之中。雄关高耸，箭楼巍然，战旗猎猎，鼓角相闻，让人刹那间梦回汉唐。现存古阳关遗址、阳关烽燧、阳关古道、唐寿昌县（汉龙勒县）遗址、汉长城塞墙遗址、汉代渥洼池遗址、西土沟（唐无卤涧）遗址、古墓葬群、古陶窑等汉代时期的众多文物遗迹，气势磅礴，极具大汉雄风。披挂着千年铜锈的铜马、战车、兵器，书写着陈年旧事的敦煌汉简，牵引着我们

▼ 阳关小镇

▲ 古时候使用的石碾

近距离地触摸阳关。恍惚间，丝路驼铃、金戈铁马、胡笳羌笛迎面而来……

进入阳关故道旁的阳关小镇，给人温馨之感。这里有清澈见底、静静流淌的河水，有高高的行道树，有排列整齐的葡萄架，有盛开满园的鲜花。还有新疆风格的葡萄干晾房，更有那爽口的清真牛肉面。

玉门关，始建于汉武帝开通西域道路、设置河西四郡之时，因西域输入玉石时取道于此而得名。汉时为通往西域各地的门户，故址在今甘肃敦煌西北小方盘城。元鼎或元封中（公元前 116—前 105 年）修筑酒泉至玉门

▼ 玉门关遗址

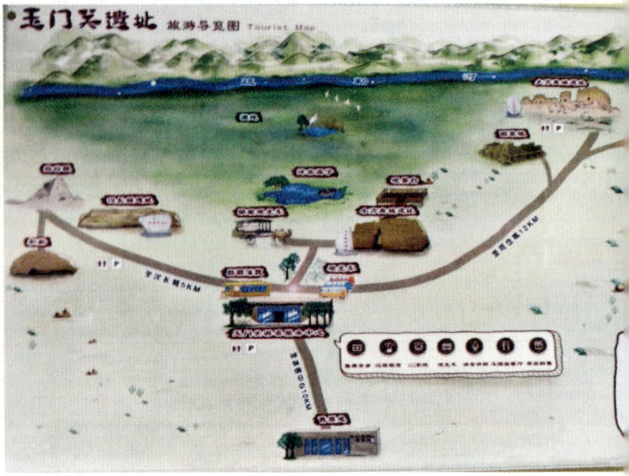

▲ 晾晒葡萄干的晾房

间的长城，玉门关当随之设立。据《汉书·地理志》，玉门关与另一重要关隘阳关，均位于敦煌郡龙勒县境，皆为都尉治所，为重要的屯兵之地。当时，中原与西域交通都取道两关，是汉代时期重要的军事关隘和丝路交通要道。2014 年 6 月 22 日，在卡塔尔多哈召开的联合国教科文组织第 38 届世界遗产委员会会议上，玉门关遗址作为中国、哈萨克斯坦和吉尔吉斯斯坦三国联合申遗的“丝绸之路：长安－天山廊道的路网”中的遗址成功列入《世界遗产名录》。

▼ 慷慨激昂的《凉州词》

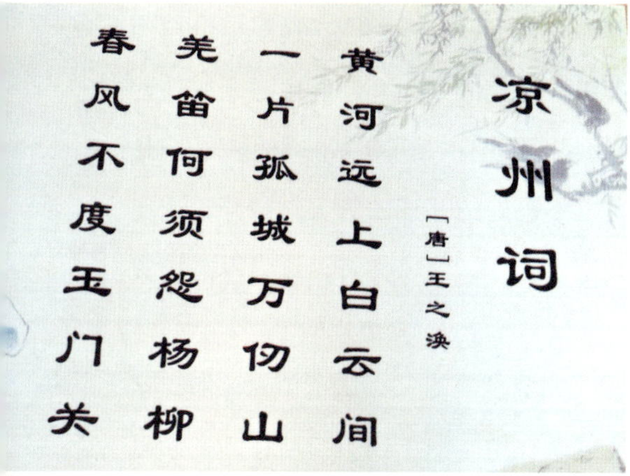


▼ 汉长城遗址

玉门关遗址地处河西走廊最西端，疏勒河南岸，四周多戈壁、荒漠、草甸。遗址区东起仓亭燧、西至显明燧、南至南三墩。核心区以小方盘城遗址为中心，呈东西线性分布，东西长 45 公里，南北宽 0.5 公里。玉门关遗址景区由小方盘城遗址（玉门关），大方盘城遗址（河仓城）和汉长城遗址三部分组成。千百年来，雄踞于此，从当初的军事作用、镇关作用，到后来渐渐成为人们旅游和瞻仰之地。不管在任何一个历史阶段，它们都无言地昭示着往来之人，先贤促进了中华民族的繁荣昌盛，捍卫了中国领土的完整。

修筑长城，是我国古人的智慧结晶。这些镇关的活化石，上千年来，哪怕风侵雨蚀，至今还傲立于天地间。

汉代长城修筑于西汉武帝征服西域期间，敦煌汉长城呈东西走向，东起瓜州县东碱墩，沿疏勒河南岸，西至敦煌榆树泉盆地，长约 136 公里。当谷燧段汉长城是我国现存最完好的一段汉长城塞墙，长约 300 米，最高处 2.95 米，顶宽 0.65 米，芦苇沙砾逐层建筑，层距 0.2 米。

汉长城是由障、坞、燧、关、仓、边墙等各类设施组成的军事防御体系，下辖传烽系统、屯兵系统、驿传交通系统及军需屯田系统。各种系统相互协作，不仅实现了汉长城的防御功能，达到了维护边疆社会稳定的目的，而且保障了以丝绸之路为主的西方贸易、文化交流，促进了该区域整体社会经济发展和文化繁荣。

大方盘城遗址（河仓城），河，即疏勒河；仓，粮仓。这座遗址自西汉至魏晋时期，是西陲边防线上储备粮铢给养的军事仓库。由河仓城外残存的小水洼和分布较为密集的骆驼刺可见，此地在 2000 年前的西汉，应是一处漕运发达的处所。依水而建，又以不远处的祁连山为天然屏障，选在一处低洼之地，既便于粮草运输，又便于防守，隐秘性好，作为军需物资的储存场所，具有天然的优势。

小方盘城遗址。1998 年，此地出土写有“卒吏……尉丞望对课府”字样的汉简，据此考证为玉门都尉治所的所在地。而玉门关口所在地，学界

▶ 大方盘城遗址在古代是军事仓库

▶ 小方盘城位于沙漠中

多有争议。如今历史的真相已淹没在这千年的西风黄土之中不得而知，只能凭借那些残存的文字和物件，遥想当年雄壮威武、繁华热闹的风貌。

阳关和玉门关是古代先贤的壮举，也是我们不可忘怀的一段英雄史。阳关和玉门关虽经历了千百年，但未被历史的硝烟所淹没，也没有被黄沙所埋葬，这是中华民族的精神坐标，永远昭示着我们前行的道路。

## 4. 遗憾魔鬼城

从玉门关出来，一路骄阳，我们驱车直奔魔鬼城，从玉门关到魔鬼城，其间 80 公里地，这一路上也都是茫茫戈壁和沙漠，我们的车开得很快，一马平川，大概 40 分钟我们便到了魔鬼城。

魔鬼城名不虚传，首先映入眼帘的是硕大的广场，进入广场后，再集

▼ 敦煌雅丹国家地质公园，俗称敦煌雅丹魔鬼城

中坐游览车深入魔鬼城。据说魔鬼城的晚霞落日特别漂亮，五彩斑斓，神奇变幻。许多摄影爱好者等候于此，就为了长河落日圆。昨天，宾馆的老板就再三叮咛我们一定要去看看魔鬼城，说是荒凉的大沙漠，就因魔鬼城的奇异，便令人不远千里到此，只为一睹芳容。我们兴冲冲地停好车，急迫地想进入其中，在检查健康码时，却被莫名拦下，搞得我们一头雾水，理由竟然是我们的健康码变黄了。正当我们困惑之时，紧接着，有三辆车的人情况都跟我们一样，都被拦了下来。他们有从浙江来的，有从江苏来的，有从河北来的，大家健康码都显示黄码，因而不准入内。顿时叽叽喳喳的

吵闹声一下子聚集在魔鬼城门口，大家心里十分不痛快。

在拨打防疫平台热线电话询问后，才知是因为昨晚去过鸣沙山和月牙泉，当时景区内有一位红码人士，而我们都成了密接者。一想到接下来会让我们就地隔离，心里拔凉拔凉的。刚刚7天隔离结束，现在难道又要开始新的7天吗？！其他三辆车的人聚在门口，嘟嘟囔囔地不愿离去。我们夫妇俩决定掉头离开，因为我们明白防疫政策，谁也不敢大意，健康码变黄已是不可逆转的事实，那何必为难对方。而且我们害怕再拖就太晚了，夜间行车不安全，于是我们俩驱车扬长而去。

别了，魔鬼城！如今的遗憾，何时再来，不清楚，此生大概很难再来了。

一路上我们迅速调整心态，互相安慰。其实沙漠也有壮丽的落日景观，

不一定就必须去魔鬼城。一路上，我们看到了壮丽的落日，大漠之中的这一奇特美景，吸引着我们赞叹不已。渐渐地，心情完全平复。一轮红日缓缓落入地平线之下，壮哉！美哉！这一壮景饱了我们的眼福，这是我们平常见不到的美景。在辽阔的大西北，处处是风景。“大漠孤烟直，长河落日圆”，在回程的路上，我才充分理解了这两句诗歌，这真是人生的美遇。

我们刚才到了魔鬼城的边缘，也算是初探了魔鬼城的风光，了解到敦煌雅丹国家地质公园，俗称敦煌雅丹魔鬼城，是敦煌西线旅游大景区，距离敦煌市区 168 公里，坐落于玉门关西北角，景区分南北两区，东西长约 25 公里，南北宽约 13 公里 。公园面积 346.34 平方公里，主要是风蚀作用形成的地质遗迹。2001 年 12 月，国家国土资源部批准建立了“甘肃敦煌

雅丹国家地质公园”。2003 年 8 月正式开园揭碑，对游人开放。2006 年 11 月被国家旅游局评定为 AAAA 级旅游景区，国土资源科普基地、甘肃省科普教育基地、甘肃省省级地质遗迹自然保护区等。为何叫雅丹呢？“雅丹”是维吾尔族语“雅尔丹”的音译，意为“险峻陡峭的土丘”。敦煌雅丹地质公园便是以遍布戈壁的造型奇特、鬼斧神工的风蚀地貌而著称，与周围浩瀚无垠的戈壁、沙漠景观相辅相成。由于这里地形地貌复杂，人入其中，常常不辨方向，罗盘也会不起作用。 如果没有向导，很易迷失方向，加之

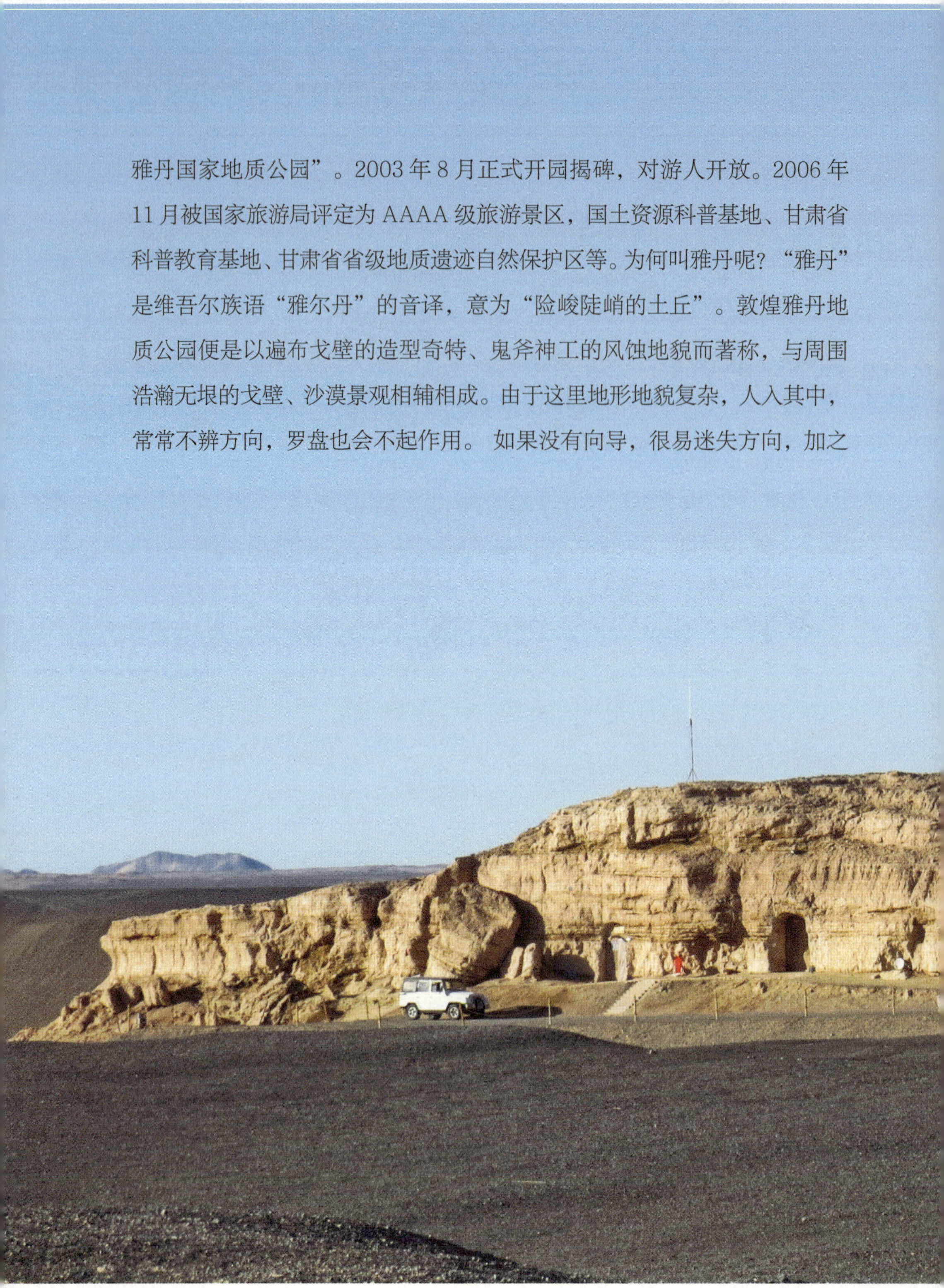

风吹来时，常常发出怪异的声音，令人心生恐怖，故称“魔鬼城”。站在魔鬼城，真的有领略到与世隔绝将迷失于此荒野的感受。走吧，打道回府。

一路疾行，一路风光，大西北的平沙莽莽黄入天，一马平川任驰骋，但是风起骤然，一川碎石大如斗，随风满地石乱走。我们返回市区关卡时，长长的车队等待入关。我们夫妇俩又犯难了，如果发现我们是黄码，过不了检测点，回不了宾馆，在外面隔离怎么办。难道昨天才出来，今天又要回封闭点吗？心里很不情愿。于是我们临时决定把今天下午的核酸绿码截

屏调出来，放在我们的微信上，如果关口查得不严，我们就随手一晃，说不定就能混过。排在长长的队尾，我们饥肠辘辘地慢慢往前移，差不多一个小时才轮到我们。过关时内心忐忑不安，但还得故作镇静。检查我们的年轻小伙子，看到我们是一对老人，而且满脸慈祥的笑容，温和的话语，让他觉得没什么可查的，看了一眼，就马上挥挥手说：“走吧。”

哎呀，我们松了一大口气，马上给民宿的老板报平安。她说：“每天我们都会上报办事处，关于我们住客的三码情况。你们的码黄了，我先暂时不报，怕上级通知不让你们留宿。”

我们询问：“那又该怎么办呢？”她说：“你们回来后，先不要进宾馆，赶快到旁边有一个 24 小时核酸检查点做核酸，明天早晨可能健康码就会变绿，这样我也说得过去。”

她说以前也有过这样的事例，毕竟敦煌是重点旅游城市，各种情况都可能发生。于是我们忍住疲劳，先去做核酸，希望尽早解除黄码。等我们做完这一切，原路回到民宿。温馨的灯光还亮着，老板还在等我们，看到

▼ 留下了魔鬼城的美景，也留下了我们内心的遗憾

我们进来，赶紧问吃饭没有？我们回答说：“你不用麻烦了，我们出去吃。”因为此时已是深夜 1 点多钟。

老板马上挥挥手说：“别客气，坐下吧。我给你们炒两个菜，先对付一下，不要再外出了。”

灯光下我们像一家人似的坐在那儿，她炒了一盘肉片和一盘笋，还为我们煮了好大一盘饺子。敦煌的夜那么温暖，是因为有了浓浓的友情。晚餐后，又闲聊了一些，老板建议：“你们明天就去阿克塞吧，那也有你们想看的胡杨林。”听了建议，我们夫妇俩商量了一下，便打算明天启程去阿克塞。回到卧室，为黄码一事，我们内心放不下，但也奈何不得，洗洗漱漱，便带着对明天美的想象进入了梦乡。

人说出门在外，行船渡水三分险，会发生很多意料外的事，加之，这是疫情当前，这一次壮行遇到什么困难都是正常的，那就心态放平，这是旅行之必备。辩证地看问题，心态豁达，内心阳光，方能谈得上生活愉悦。痛苦或欢乐，均为自作自受。

## 5. 千古莫高窟

莫高窟，很难用语言形容我们面对其大气磅礴时的那份震撼。莫高窟是享誉中外文明的世界级风景点，虽然我曾经到过此地。如今，20 年后，当我再次面临莫高窟，仰望其雄姿时，也许是岁月的逝去，也许是时间的沉淀，我有了别样的领会。我们夫妇俩原本都是到过莫高窟的，七旬的今天再一次来到莫高窟，经过岁月沧桑之后，我们对莫高窟无比地顶礼膜拜。

20 多年前，我们是直接在洞窟口停车前往，且所有洞窟可以随意参观，而现在景区入口处设在距离莫高窟至少十几公里以外的地方。售票处建有一庞大建筑群，分为几大区域：停车场、购票区、展览区、电影院、餐饮区、

▲ 艺术宝库——莫高窟

▼ 莫高窟的 323 洞窟

▲ 敦煌石窟是建筑、雕塑、壁画三者结合的立体艺术

购物区、内部专用大巴停车场、游客乘车区。两个环球影院非常现代。出发前，所有人分别在两影院各看一部电影，然后才能集中乘车进入莫高窟。在影片介绍了莫高窟的历史状况后，众人对莫高窟方有更深入的体会。乘车 20 分钟到莫高窟门前。导游员热情地说："各位游客，欢迎你们来到莫高窟。每天我们只能参观 10 个以内的窟，具体每天参观哪些窟，则听当天的安排。"

莫高窟无比神秘和壮观，位于河西走廊西部尽头的敦煌。它的开凿从十六国时期至元代，前后延续约 1000 多年，这在中国石窟中绝无仅有。既是中国古代文明一座璀璨的艺术宝库，也是古代丝绸之路上曾经发生过的不同文明之间的对话和交流。莫高窟现有洞窟 735 个，保存壁画 4.5 万多平方米，彩塑 2400 余尊，唐宋木构窟檐 5 座，是中国石窟艺术发展演变的缩影，在石窟艺术中享有崇高的历史地位。窟内绘画、泥塑佛像及佛典内容，为佛徒修行、观像、礼拜处所。敦煌石窟是建筑、雕塑、壁画三者结合的立体艺术。洞窟分南北两区：南区 492 个洞窟是莫高窟礼佛活动的场所，北区 243 个洞窟主要是僧人和工匠的居住地，内有修行和生活设施，土炕坑、烟道、壁龛、灯台等，但多无彩塑和壁画。历经千年建造，石窟数达 700 余个，它们上下排列 5 层，高低错落有致、鳞次栉比，形如蜂房鸽舍，壮观异常。它不仅名列我国四大名窟之首，也是世界上现存规模最宏大、保存最完好的佛教艺术宝库。莫高窟是古建筑、雕塑、壁画三者相结合的艺术宫殿，尤以丰富多彩的壁画著称于世，环顾洞窟四周和窟顶，到处都画着佛像、飞天、伎乐、仙女等。在佛经故事中有令人深思的佛学哲理，还有各式各样精美的装饰图案等。

我们怀着朝圣的心情入窟参观，最令我们记忆深刻的是，323 洞穴左侧壁画中约 80 公分宽 40 公分高的一块壁画被美国人挖走，据说现陈列在美国国家博物馆中。328 洞穴中左侧一塑像被撬走，现呈放在耶鲁大学博物馆中。16-17 洞穴藏经库中的钻石级经书分别被美英法德意日俄等国盗走，陈列在他们相关博物馆中。弱国无外交，弱国被人欺，许多文物就是这么被掠夺走的，让人唏嘘不已。

提到莫高窟不得不提到一位奇人，那就是王道士。当年的王道士像是上帝派来的使者，鬼使神差地来到了莫高窟，竟然在无意中发现了莫高窟的经书、经卷以及无数的字画。人世间真有许多说不清道不明的事，非有意为之，而是上天安排你去遇到。自此，王道士一下就成了千古名人，虽有人强烈谴责王道士，说他把珍贵文物贱卖给了外国人，没有守好莫高窟。其实细想之下，王道士是无辜的，他一个身单力薄的出家人，他用什么去支撑庞大的莫高窟呢，如果不卖些字画维持生活，他怎么活命？又如何守护莫高窟呢？当时政府昏庸无能，偌大的政府都保护不了莫高窟，王道士一个人赤手空拳，怎么对付列国强盗。回顾历史，该感谢王道士，缅怀王道士，而不是把千斤历史重担压在他一个人身上。

我们到此正值疫情高峰期，游客极少，我们是这批入窟参观仅有的 12 个人中的两位。导游惊奇地问大家：“你们怎么会想到这里来？我们封闭了很长时间，大家都关门闭户，你们各位贵宾怎么这么勇敢，远道而来？”

有游客笑着回答：“我们也并非专门要来敦煌，而是封控于此，无处安身，内蒙古封闭了，青海也封闭了，只能到这里来，寻得贵方一块宝地落脚，再各奔前程。”我们亦如此。

今天的天气非常好，和煦的阳光透过绿色的树枝，映照着黄色的莫高窟，那一个个洞窟像一双双眼睛深情地望着这大千世界，看着眼前的游人，它用自己的文化光芒照亮了每一位游客的心，也记录了每个朝代的辉煌。莫高窟铭刻下了历史的变迁，凝聚了雕塑艺术的精华。寂静的莫高窟屹立在大西北，经历了一个又一个沸腾的朝代，它向人们诉说着以往的故事，见证每个朝代的更替。洞壁里的壁画还是那么栩栩如生，有些壁画被外国人盗走，留下了一面面空白的墙，一串串惊叹号。

从莫高窟出来已是下午，我们早已饥肠辘辘，于是决定去品尝敦煌的美食。当地的美食莫过于兰州拉面，虽然全国各地都有，但是真正要尝到地道的兰州拉面，敦煌是一个绝好的地方。兰州拉面是中国的十大面食之一，是甘肃的特色美味。它具有“汤镜者清，肉烂者香，面细者精”的独特风味和“一清、二白、三红、四绿、五黄”的特征而著称于世。“一清”指的是汤清；“二白”指的萝卜白；“三红”指的是辣椒油红；“四绿”指的是香菜和蒜苗绿；“五黄”指的是面条黄亮，匀称而筋道。兰州拉面是中国烹饪协会评选的三大中式快餐之一。走进兰州拉面馆，看师傅如花式舞蹈一样，把一团面左揉右揉，东拉西扯，最后抖三抖，变成了细细的面条，实在是具欣赏价值。待饱眼福后，一碗地道的兰州拉面，便呈现在眼前。看其颜色白、绿、红、黄都组合在一起，其香味早已扑鼻，饥肠辘辘。味道品尝起来，更是难以比拟，堪称色香味俱全。早上，我俩在敦煌，还特地去吃了有名的酿皮子。酿皮子，是一种用面粉做的饮食佳品，在甘肃各地都有，据说敦煌的酿皮子为最佳。我特地去观赏了制作酿皮子的过程，就是把优质的面粉和成面，适量加水和加上少许的盐和碱，用手揉洗，将洗出的面浆再倒入专门的晾箩里，之后，上笼蒸 3—4 分钟，取出即可餐食。酿皮子成条状，拌之以盐、蒜泥、芝麻酱、辣椒油，就算五味俱全了。大西北吃辣椒还真是很厉害，浓烈的口味与四川贵州相仿。这道饮食，入口难忘，堪称一绝。

美食后，我们见还有些时间，便决定做核酸后，前往归家之路。今天晚上预计在嘉峪关落脚，去探访一下嘉峪关的历史。是否能入住，我们又开始内心打鼓了，但也必须往前走，毕竟我们期待着早日归家洗客袍，现在我们的北京健康码还是绿的，千万别弹窗了，我们在内心祷告着。在车上，我们又一次回望着莫高窟，回望着敦煌。议起了"敦煌的守护者"樊锦诗。那还是年轻时，我在课本上看到了一篇关于敦煌莫高窟的课文，也记住了莫高窟的守护者——樊锦诗。1962 年，樊锦诗大学毕业时，第一次来到了莫高窟，在这儿一住就是一辈子。当时的莫高窟生活条件非常艰苦，戈壁沙漠物资匮乏，环境闭塞。我还记得文章中，樊锦诗回忆说："一个洞窟，一个洞窟看过去，我完全沉浸在衣袂飘举、光影交错的壁画和彩塑艺术中。"这几句优美的话便成为我内心对莫高窟的印象。在这里，她秉承着先辈的遗愿，也就是爸爸那一届的先辈。那是更苦的年代，"苦得难以忍受"。当时从国外回来的父亲在敦煌住土屋，睡土炕，用土桌，坐土凳，喝咸水，吃粗面，他们在意的是对艺术的追求和守护。莫高窟紧紧地抓住了樊锦诗的心，她不遗余力地去保护和传承着伟大的敦煌艺术。正是这一代又一代的莫高窟人，用自己的生命守护了莫高窟一辈子，才有了今天我们能看到的艺术宝藏。而今这种精神，像一束光芒，照亮着我的内心。人，是需要一些精神的，从满头青丝变成了华发，我们也在做着自己想做的事，追逐着自己的梦想。莫高窟给我的不仅是历史方面的学习，更是精神上的丰碑，让我们明白，要奋斗，就会有牺牲，吃得苦中苦方为人上人。有了精神上的滋养，不知不觉眼前的沙漠和戈壁，竟然由于认知的不同而变得那么壮观。这就是莫高窟给我们的人生启迪。

莫高窟的壮观和苍凉，以及那份莫名的神秘，与佛教有关。莫高窟的洞窟都是沿墙角一字排开的禅修窟，这是数千年来历代僧侣在此禅修的明证，他们虽早已人去楼空，但面对洞窟你有一种顿悟，眼前会浮现出当年那些枯瘦如柴的僧侣，在这些阴暗潮湿的洞里，那种冥想和闭目诵经的情景，令人生出一种谦卑和敬意。那一尊尊莫高窟里苦行僧似的佛像，并非虚幻，而是极具现实的雕塑。在流沙的敦煌，千佛洞地处方圆几百里的荒漠之中，多少年来，一个又一个鲜活的人走进了莫高窟，熬白了头发，枯干了身躯，他们有的虽然不诵经，不拜佛，只是临摹壁画，修复洞窟，保护遗址。这一切比出家人的修行更苦啊，这是一种考验，一种莫大的磨砺，只有耐得住极度寂寞的人，方能修得正果。

驱车一路行，但见湛蓝的天令人陶醉，回望鸣沙山东麓宕泉河，西岸的莫高窟就显得格外地神圣。无言的洞窟，见证了千百年来的刀光剑影，也迎送过一位又一位匆匆的游客。那深深浅浅的足迹，留在了一个个洞窟里。莫高窟蕴含着圣洁而又神秘的伟大文明，令世人永远朝拜。

回眸相望宕泉河，在远方，河谷畔星星点点的绿洲，绿洲外便是茫茫戈壁，戈壁再远处是人迹罕至的荒野和山脉。我们夫妇议论着，百思不解的是，古代先贤怎么会在如此荒凉之地掘洞？这无尽的时空深渊，实在不是我们能够琢磨得清楚的。我只是由衷敬佩，试想一下，我们耐得住这样的寂寞吗？

回想莫高窟是异常安静，安静得仿佛能听到彼此的心跳。耳畔随风传来一阵阵叮叮当当、断断续续的铃声，仿佛诉说着久远的故事，断断续续，若隐若现，似有若无。在这个清幽的秋季，铃声留在我的内心。此刻我不禁浮现两句诗：常恨秋归无觅处，不知转入此窟来。

大漠的天际好美，仰头便能看到满天的星斗，在头顶闪耀，陪伴着我们一路前行。微风从耳边拂过，四周的沙鸣声仿佛飞天弹奏的音乐，弥漫在我们四周。置身于这旷野，茫茫大戈壁，让思绪自由飞，实为一种莫大的享受。

人们在匆匆的旅途中，何必苦苦追求名和利？试想一下人生苦短，内心应寻找一处安闲之地，大漠和满天星斗，让我感觉到世界的清凉，时间的停滞，真是好享受这一切。

## 6. 阿克塞沿途风光

我第一次知道阿克塞，还是通过陆川导演的电影《九层妖塔》。阿克塞虽说是个小地方，但却很有名，吸引着众多游客前往。几天前，民宿老板给我们推荐那里的胡杨林也很美，我们便乘兴而去。

查阅资料，阿克塞地处甘肃、青海、新疆三省（区）交界处，甘肃河西走廊的西陲，东与肃北蒙古族自治县接壤，北与敦煌市相连，南与青海省为邻，西与新疆毗邻。严格说来，阿克塞县城就是一个小镇，站在大街上望出去全是山，西部的山岭是阿尔金山，东部祁连山。这里周边有草原和湖泊河流，但更多的是戈壁、荒滩和大漠。戈壁比大漠还要荒凉，大漠上还有稀疏的植被，戈壁则是不毛之地，但戈壁上有苍蝇、蜥蜴，还能看到不知主人是何物的洞穴。这个地方古属三危地，战国秦汉为月氏、乌孙等部落驻牧。今阿克塞县的当金山以北地区，汉属西域都护府，三国、西晋时隶属西域长史府，东晋时先后为前凉、前秦、后凉等所辖；北魏时当金山以北属西戎校尉府，以南属吐谷浑；隋分属鄯善郡、西海郡、敦煌郡；唐时属沙州；宋时为西夏所辖；元属沙州路；明设安定卫，今阿克塞县境大部分归其所辖；清初属沙州卫，后改敦煌县，属安西直隶州。不到阿克塞不知道，一看确实很震撼，原以为阿克塞是平凡的小山沟，谁知如此颇有底蕴，其历史悠远而沧桑。

行进在公路上，阳光灿烂，一眼望去，好远好远，笔直的路直接天际。四周是荒漠，如果不是这条路，你会深陷荒漠中。古诗云，“大漠孤烟直”，恐怕就在此地。一路上，还能看到旋风在地上画出圆圈，犹如孙悟空金箍棒那么灵动。

阿克塞还有沙漠公园和候鸟保护区，除了胡杨林的美还有大片的自然景观，但它前些年仍然是个石油小镇，现在石油大军撤走了，小镇也荒废了。

▼ 阿克塞哈萨克族自治县的标志雕塑

▲ 阿克塞风光独特，值得好好游玩

那遗留的房子成了陆川拍电影时免费的道具。阿克塞给陆川省了费用，陆川也给阿克塞免费打了广告。阿克塞是个很有名堂的地方，值得我们去细细欣赏。

这一路上，我们夫妇俩还说到昨天的经历。健康码变黄，如今还心有余悸。于是我们得出两个结论：一是在任何地方戴好口罩；二是出场后要刷离场码，不然就有可能把自己牵连在内。整个旅程都告诫我们，用平常心去对待不平常的事，好心情是维持健康的法宝，好心情需自我创造，这一趟我们最大的感悟就是：随遇而安， 随心所欲，创造快乐，全靠自己。

▲ 道路两旁荒芜的戈壁滩

那天中午，我们到达阿克塞，又被拦住了。景区防控政策规定，所有人不让进入胡杨林，昨天了解还好好的，怎么今天又封了，难免懊恼，来去400公里地又得扫兴而归。不过这样的心情就维持了10分钟，马上就淡然处之，这一路上疫情防控和险情突变，已经练就了我们，保持好心情，人生非坦途，什么都有可能发生，唯一能主宰的是自己的心情。

于此，那天我俩只能打道回府。在回程路上，我们慢悠悠地开着车，欣赏着公路四周的美景。阿克塞境内，公路旁的雅丹山顶上，奇怪地悬停着一辆辆小汽车。停车的山头几乎只有四个车轮大小，且几乎都是悬崖绝壁，我们停车观察了许久，真弄不明白是怎么将车搬上去的。说是吊车吧，吊车也靠不近山头；说开上去，那更不可能，这都是孤零零的一个个雅丹地貌的土包，而且土壤极其疏松。我们下车观察了许久，也看不出其中的缘由。

在前往阿克塞的路途中，另一个奇观也吸引了我们的眼球：山路上一洼一洼的树枝插在地上，分成了方格，这是为什么呢？我们也在琢磨，后来才明白这是沙漠中治沙手段。在茫茫沙漠中高速公路和铁路旁，都得防沙治沙，其中的方法就是固沙格。固沙格，用大约50至80公分高的小木棍插入沙土中，外露大约30至50公分，形成一米左右的四方形，再一个个相连，成一片，阻止黄沙的移动。如何治理沙漠，一直是全世界的难题。但在中国取得了有效的成果，且被世人公认，中国治理沙漠的水平当属世界一流。

人们常说读万卷书，不如行万里路。在路上，你能增长许多知识，同时克服困难，增长了才干。

这一路上，仔细观察沙漠上的山形，真的很漂亮，阴

▶ 公路旁的山顶上奇怪地悬停着一辆辆小汽车

▶ 固沙格

▲ 沙漠有时会千变万化

阳两面像是雕塑一般，沙山每面的角度斜得非常整齐，仿佛是雕刻一般，静静地矗立在蓝天白云之下，好壮观！沙山很有特色，有的像波浪一起一伏，有的犹如蛇行游动，有的又犹如钻石镶嵌在大地上。总之，它们都像镜面一样地斜躺在天地间，构成了很前卫的几何图形。

▼ 沙粒会随光热变幻着颜色

▲ 大漠桃源——杜家墩

这一路来回 400 公里，其间我们惊奇地发现了绿洲。那是杜家墩桃源，在沙漠上硬生生地变成了江南绿地，有很多茂盛的庄稼地和葡萄园，绿树成荫连成一片，鲜花满园，一直延展了十几公里，这才真的是人定胜天。大自然给了我们最艰难的条件，但我们却用勤劳的双手创造了人间奇迹，坚持就是胜利，办法总比困难多。这一路走来，虽是观赏风景，却是在学习之中，人生许多哲理，回味无穷。

## 7. 经嘉峪关入武威

嘉峪关被称为“天下第一雄关”，这里是明长城最西端的隘口，历史上曾被称为河西咽喉，是世界上现存最壮观的景点之一，也是保存最为完整的古代军事关隘，全长约 60 多公里，城墙横穿沙漠戈壁的险要城关。因地势险要，建筑雄伟，有“连陲锁钥”之称。嘉峪关是古代丝绸之路的交通要塞，是中国长城三大奇观之一，有着历经数百年的历史痕迹，更有道不完的历史故事，从古至今，嘉峪关屹立在河西丝绸之路上，其雄浑的建筑，高大的形象让人观之震撼。

进入嘉峪关之前，我们的第一要务还是做核酸，虽然我们已经在敦煌做过，但也不可避免需再做一次，这已成为此行最常见的常态。

下午 6 点多钟，我们的车子到了嘉峪关，关前停满了大货车，均不让进。我们的车子恰恰没油了，必须在嘉峪关加油，否则无法前行。于是，我们硬着头皮去询问防疫人员能否进入，如往常一样，他们很果断地拒绝了我

◀ 因防疫所需，嘉峪关不让进入

们：“不能进入。”

我着急地说：“我们车没油怎么办？”

他只是很漠然地说：“不知道。”

我说：“我们老了，天也晚了，车即将没油，你给我指条路吧。”

他接着说：“怎么办，你们自己想吧。”听着这样回答，又面临着车子缺油的窘态，我有些生气，激动地申诉着。

这时候，领导过来了，语重心长地对我们说：“阿姨，不让进关是上级的规定。你看几位男士，他们家就住关里，只因是从外地回来的，故必须找社区接他们。你这边有没有熟人朋友，有没有留宿地，如果没有，我们怎么让你通关哩？”

他接着说：“阿姨请你能够理解我们。”

我一时语塞，不知道说什么好。事后，我才想起，其实我是有朋友在嘉峪关的，当时真的气糊涂了，怎么没想到找朋友呢。我们的车没有油，这无论如何也要解决，防疫人员也很无奈地说：“阿姨，您看门口一长串的车都是没油的，你要为关内的老百姓着想。若是疫情蔓延了，我们吃不完兜着走啊。请不要为难我们，我们也是政府临时派来的，以前都是公安的人在守，现在他们顶不住了，派我们来支援。”听他说完，我又试着与他们商量：“我俩也是退休干部，会守规矩，配合你们工作，但恳请通融一下。”最后一番商议下来，得出的解决方案是：让我在此等候，权当“人质”，老程进关去加油，加完油出来，然后必须立马离开嘉峪关。

听后，我们同意了。于是，我眼巴巴望着孤单的老程驾车入关加油，我坐在关口的核酸检测点等先生回来。就这样，看着太阳一点点下沉，大概 40 分钟后，老程出来了。我们点头道谢，告别这群辛苦的防疫人员，抓紧往前赶路。

夜已深了，深夜近 12 点，我们才到达甘肃武威。没办法，我们体能到达了极限，只有硬着头皮投宿本是计划外的武威。一到武威高速路口，就要求我们做核酸，还加之做抗原。今天一共做了 4 次核酸，一次是早晨，

◀ 抵达武威北

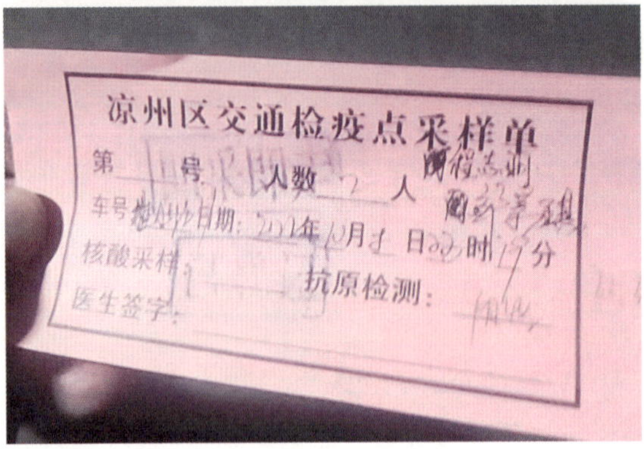
凉州区交通检疫点采样单
第　号　人数　人
车号　日期：　年　月　日　时　分
核酸采样　抗原检测：
医生签字：

◀ 放行条

一次是下午离开敦煌时，一次是嘉峪关，现在武威不仅要做核酸，还有抗原试剂，双重保险，落地检已经是疫情期间的常态了。

在武威高速路口，做完林林总总的检查。进入武威，入住宾馆时，才发现我们的健康码莫名其妙地变成了黄色，而北京健康宝也被赋上了弹窗 3。拖着疲惫的身体找了好多家宾馆，但都拒绝我们入住，且明确地告诉："我们不接受黄码。"

"那可怎么办？"我急切地问。

他们说："你们只能到指定静默的全季酒店住。"于是我们就只能硬着头皮往全季酒店赶去。凌晨 1 点多钟，顺着他们指引的方向，我们到了武威全季酒店门口。我一看，大厅里黑灯瞎火的，两个防疫人员守在门口打瞌睡。一见我们到门口，一个防疫人员马上迎上来，询问是不是要办理入住，并告诉我们，在这里入住 7 天方能放行。我一听，心里拔凉拔凉的，赶快掉转方向，连声说："不是入住，我们是找卫生间。"

防疫人员委婉地说："此地不接收外来人员，也是为了你们的健康。"

可问题是，出来以后怎么办？已经是凌晨了，原本是投宿，而今是"自投罗网"了。我们临时决定，既然被子也买好了，那就在车上住吧。于是，我们把车停在加油站，把被子铺好就准备睡觉。从下午到晚上，马不停蹄行驶了 800 多公里，我们早已身心俱疲。可睡了不到一个小时，有人敲车门，告诉我们："请你们离开，这是加油站，你们要加油，就加油，不加油就请赶快离开。"其实，我们真的需要加油，但加油站也要展示健康码，我们黄码肯定不能加油，还可能被举报，并且隔离。没办法，我们只能把车挪到另外一个加油站的停车区旁边。

凌晨 5 点，我们再次来到 24 小时核酸检测点做核酸。做完核酸检测后，有朋友让我们打武威疫情风控平台的电话，申诉我们的要求，以及说明我们一路过来北京健康宝都是绿码，到了武威，健康码不应该变黄码。还好，平台的人听了我们的申诉后，给予了足够通融。早晨 8 点多，我们的健康码变绿了，意味着我们在武威可以通行，可以住宾馆酒店，可以出入公共场所，我们自由了！心中狂喜，现在我们首要任务是找酒店入住休息。

## 8. 大美武威

好多年前，我就听说过武威。我有位朋友曾在武威做领导，一直邀请我去，我想武威这么偏远的地方，没什么好玩之处，不值得专程跑一趟。但这次来后，真是大开眼界，武威是雄才大略的宝地，大美武威！武威曾经是雍凉之都，六朝古都，西夏陪都，古之西北首府。武威是中国最佳旅游城市，中国旅游标志铜奔马的诞生地。也是丝绸之路上的佛教圣地，世界白牦牛的唯一产地，更是中国葡萄酒之乡。古诗“葡萄美酒夜光杯，欲饮琵琶马上催”便是古时武威的雄风。

当年的汉武帝为彰显大汉帝国雄风武功军威，而取名武威。武威，简称“武”或“凉”，古称凉州、姑臧、雍州，是甘肃省丝绸之路经济带重要城市，国家历史文化名城，河西走廊中心城市。截至 2020 年，辖 1 区、2 县和 1 自治县，总面积 3.23 万平方公里，聚居着汉、藏、回、蒙古等 41 个民族。根据第七次人口普查数据，截至 2020 年 11 月 1 日零时，武威市常住人口为 150 万人。

武威地处中国西北地区，甘肃省中部，河西走廊东端，东接兰州、南靠西宁、北临银川和内蒙古、西通新疆，是国务院命名的对外开放城市，甘肃省确定的区域中心城市，西部重要的交通隘口城市。武威名胜古迹众多，自然景观与历史文化交相辉映。

武威历史悠久，早在四五千年前，就有戎、崔、月氏、乌孙等北方民族聚族而居。自汉武帝派骠骑将军霍去病远征河西，击败匈奴，彰显大汉帝国的“武功军威”，而命名此地为武威，已有近 2200 多年的历史。因武威地处古丝绸之路要冲，是古代中原与西域的经济枢纽，中原文化和西域文化的融汇传播之地，丝绸之路西段的要隘，中外商人云集的都会，历代王朝都曾在武威设郡置府。赵朴初有一首诗写出了武威的气势：“译经存舌思罗什，犯难之躯念奘公。千古凉州豪杰地，故应天马自行空。”

▶ 马踏飞燕，中国旅游标志便取之于武威

▶ 凉州古八景之一的武威城楼

10月9日，我们入住武威，次日我们来到了西夏重修护国寺感应塔碑参观。武威历史古迹众多，有始建于北凉时期的天梯山石窟，新石器时代皇娘娘台齐家文化遗址，柳湖墩沙井文化遗址，古长城遗址，唐连城遗址，百塔寺，海藏寺，鸠摩罗什寺塔，明武威文庙，瑞安堡，红崖山水库，马牙雪山，抓喜秀龙草原，天祝三峡，及磨嘴子、王景寨、乱墩子滩汉墓群、青嘴喇嘛湾唐墓群和元亦都护高昌王世勋碑等，真是数不胜数。

回溯历史，公元11到13世纪，在我国西北的大地上曾经崛起一个由党项族建立的“大夏”政权，其疆域“东尽黄河、西界玉门、南接萧关、北控大漠”，与宋、辽、金鼎足而立，长达190年。1227年，在蒙古军队的打击下，这个创造了辉煌而独特文明的王朝被埋没在历史的长河中，而鲜为后人知，这就是神秘的西夏王国。

到了武威，我才知西夏是一个很优秀的王国。不仅有深远而儒雅的文化，它的冶炼、陶器、交通，都是天府之国的做派，虽然不是一个战斗的民族，却着实是一个富饶的国家。

大夏开国，凉为辅郡，作为西夏府郡（陪都）的西凉府就是现在的武威。它作为陪都，经济发达，文化昌盛，在西夏兴亡中占有十分重要的战略地位。这里发现的西夏文物不仅数量多，而且有鲜明的地域和民族性。其中“西夏碑”、泥活字版西夏佛经、木缘塔、金碗银锭都是国内所藏的西夏文物中绝无仅有的，是华夏文明中一朵艳丽的奇葩。虽然西夏国被淹没在历史的长河中，但是我们可以通过这林林总总的出土文物，探寻那封存已久的西夏文化，感悟神秘而雄浑的西夏王朝。我一边参观武威名胜古迹，一边为自己的孤陋寡闻而感到惭愧，伟大的西夏王朝，曾经是如此辉煌。华夏大地值得我们去探究的太多太多。

武威是大夏开国地，西夏的兴盛地。说到西夏，不得不讲到元昊，他占领凉州（就是现在的武威）后，利用祁连山的雪水，大兴水利，引水灌溉，发展农业。甘凉之间皆以诸河为溉，地饶五谷，这就是天府西部。所种植的粮食品种有大麦、荞麦、糜粟、稻、豌豆等等。西夏普遍使用了牛耕。

耕作的农具有犁铧、镰、锄、锹等，这在当时是很新颖的。经过西夏的经营，凉州的农业得到迅速发展，这就是所谓的“夏得凉州，故能以其物力扰关中，大为宋患”。

当年的凉州是非常富饶的，畜牧业是西夏的主要经济来源，党项族长期从事畜牧业，有着丰富的经验。西夏建国后，由于地域扩大，草原增多，畜牧业更进一步发展，甚至还有专门统管全国畜牧业的群牧司，管理理念颇为先进。牛、羊、骆驼成为对外贸易的大宗商品。历史上过往的一切都无声地告诉我们，武威是神奇的沃土，也是英雄辈出的热土。

武威，作为西夏的陪都而骄傲。值得一提的是，除了农业、畜牧业，还有冶炼技术。当年，武威的冶炼技术达到了很高的水平，对西夏建国和治理国家起到了积极的促进作用。当年的冶炼技术已经有双扇竖

▲ 全国重点文物—— 凉州“重修护国寺感应塔碑”

▲ 西夏前期疆域及形势图

式的风箱提高火炉的温度，此冶炼技术一直沿用至今。凭借此冶炼制造出来的武器很精良，西夏的剑闻名遐迩，被誉为天下第一剑，连宋钦宗本人也都会随身佩带，其精良程度可见一斑。

西夏还有一厉害的技艺，就是它的陶瓷。它兼收了宋朝和金朝的陶艺之长，而且突出了本民族的特色，不仅粗犷、素雅，且形成了它特殊的地位。在这里常见的陶器大多带有浓烈线条的，浅的浮雕质感，艺术效果极佳，它有阳旋纹、水波纹、带状纹、云头纹等等，飞禽走兽也都跃然于陶器之上，具有重要的考古价值。

西夏王国的酿造技艺也是很厉害的，美酒飘香，多因胡人好饮酒，而且酒具精良，成为一大特色。它采用的蒸馏酿酒技术一直沿用至今，它的发明是酿酒技术的重要进步，武威还出土了大量的西夏酒具和酿酒用的陶瓷。

如果没有西夏在此定都，发展壮大开国，那就不会有后来的武威。谁控制了河西走廊，谁就得天下，故形成了以西凉府为中心的交通网络。西夏碑载“武威当四衙地，车辙马迹”，反映了武威当时重要的地位， 一夫当关，万夫莫开。为促进商贸发展，市场流通，西夏有了自己的钱币，其钱币有汉文钱、西夏文钱，此外还发现了大量作为货币流通的银锭。

从出土西夏钱币来看，西夏流通的货币主要以唐宋钱币以及金朝的钱币为主，证明了他们之间四通八达的贸易频繁。武威出土的西夏文书中保留有商业贸易的契约、卜辞等，反映出当时西凉府商贾云集，“福辏交会，日有千数”的繁华景象。

当我们踏进武威文庙，竟然发现有好几处全国重点文

◀ 西夏的酿酒技艺

▼ 武威文庙

物保护单位，不得不说武威历史的厚重，确实值得一来。文庙，顾名思义，就是由儒学院、孔庙、文昌宫三部分组成。西边是儒学院，仅存忠烈、节孝、节义三祠；中部孔庙是很大的，大成殿为中心；东边的文昌宫是以桂祭殿为中心，这是全国重点文物保护单位，国家 4A 级的旅游景区，而且还是爱国主义教育基地。

武威文庙又称孔庙、圣庙，是我国古代文人学子用来祭祀孔子的庙宇，后来随着历代帝王的推崇，以及儒家文化的独尊地位，使得文庙得到了极大的发展。武威文庙位于武威城的东南角，属于明代的一组建筑，最早建于明代正统年间，1437 年建设，1439 年完工。完工后，因为规模宏伟，明清之际被誉为陇右学宫之冠，占地面积 3.2 万平方米。从东

▲ 文庙里的碑亭

至西由三座院落组成，分为东院文昌宫、中院的孔庙和西院的儒学院。文庙的东院是一座附属建筑，附属建筑是以道教为主的文昌宫建筑群。文昌宫的正殿桂祭殿里，主要供奉的是古代道教文昌帝君，也是民间所说的文曲星。

文曲星相传是玉帝派到人间交换文昌府社和人间记录的司录，因为掌管文韵，是考试的神仙，所以学子一般会在考试前来这里拜文曲星。塑像是后来新塑的，原塑像明代就没有了。

武威进士很多，包括我们比较熟悉的唐代边塞诗人李毅，另一位是元代的武威党项人，余阙。他是党项移民，元代唯一的进士。

学术成就较高的武威人张硕，是西夏碑的发现者，他除了是国内研究西夏学第一人之外，在姓氏学方面的成就也非常高。他当时出了一本书，叫《姓氏武书》，这本书后人把它称作绝学。另外，武威人比较有名的还有牛鉴，他是武威科举出身，是官职最高的一位。他官至两江总督，据说

▲ 棂星门历史悠久，雄伟庄严

▼ 棂星门为三间四柱三楼式牌坊

也是两朝帝师，道光和咸丰皇帝的老师。

棂星门是明正统时建筑的木质牌楼，四柱三间，翘檐飞角。穿过棂星门，就可看到戟门，戟门两侧是乡贤、名宦祠，为供养社会贤达和清官牌位的地方。戟门是大成殿近前的一道门，大成殿建在宽阔的石筑台基上，雄伟而壮严，保留着宋元建筑风格，大有至圣至尊的气派。

大成殿内迎门供奉着大成至圣先师孔子的画像，旁侧侍立着孔子得意弟子颜回、子思、曾子和大名鼎鼎的亚圣孟子的牌位。大成殿之后的尊经阁，是两层土木结构楼，重檐歇山顶，坐落在高达两米的砖包台基上，

▲ 武威文庙的匾额在河西走廊匾额文化中具有一定的典型性

是武威现存最高大的古代重楼建筑。

武威文庙内最为引人注目的就是众多的匾额，多达 44 块。保存在桂祭殿内，这些匾额涵盖了从康熙到民国的各个历史时期，其内容有“天下文明”“书城不夜”“辉增四垣”“文明长昼”“辉腾七曲”“佳录垂青”“聚精扬纪”等，其中“天下文明”匾额是武威人牛鉴所书。如今，从武威文庙文辞典雅的匾额中，从那些优美的楷、行、隶、篆的气息里，依稀能望见当年饱学鸿儒、地方名流、名师学子的翩翩身影。这些匾额宛如璀璨星光，点缀在壮伟宏耀的“陇右学宫之冠”。

今日武威一游，填补了我历史知识的空白，在武威我深深感受到，江山如此多娇，引无数英雄竞折腰。大美中国，不亲临其境，何知其美。

晚餐后，回到宾馆，发现我们宾馆房间隔壁被贴上了封条，我是 906 号房，他是 907 号房。明天我们原想在这儿逗留两天休整，但因不断接到社区打来的电话，不停地询问我们这几天的行程如何。宾馆前台的人也劝我们：“赶紧走吧，健康码说不定什么时候又变黄了，变黄以后，又是 7 天隔离。当然你们有大把的时间，是可以待在这里。”这是好心人的衷告，听进心了，我们决定明天清晨离开武威。

▼ “温馨提示”催促着我们尽快离开

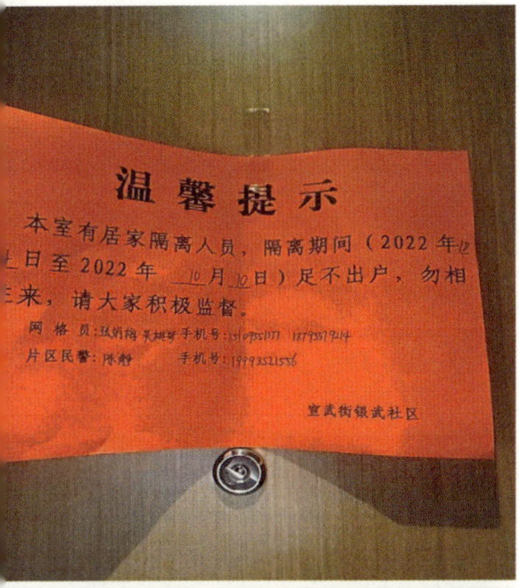

# CHAPTER 5

# 人　文　河　北

## 1. 日驱 1300 公里路

今天是 2022 年 10 月 10 日，早晨 5 点便起床收拾，6 点多便去排队做核酸，在武威，24 小时做核酸的只有武威肿瘤医院。“莫道君行早，更有早行人”，医院门口，虽然队列不长，等候的人不多，因为只有一名防疫人员在做核酸检测，所以很慢很慢。排队等候 40 分钟，做完核酸检测，已经 7 点多钟了，到路边小店吃早餐，吃了一碗馄饨，一个包子后，早晨 8 点我们迎着朝阳出发。

▶ 向着回家的路出发

离开武威，还有些不舍。我们夫妇俩都爱好历史，原本想好好住上两天，饱览武威丰富的历史遗迹。但是，昨天隔壁房间的示范效应对我们警示作用太大了。算了算了，忍一忍吧，还是赶紧启程赶路吧。

一路上，我们穿越了甘肃、宁夏、陕西、山西、河北五个省区。其实我们很想在某一个省区，落脚下高速，观赏当地美景，但由于疫情防控，只得一直前行。在陕西榆林境内，我们遭遇了一件不寻常的事，心情搞得很糟糕。事情是这样的，我们在经过榆林加油站时，看见加油站里围了十几辆货车，周围扔了很多废弃的方便面盒和矿泉水瓶，还有果皮、纸屑、一片狼藉。我们没有仔细想，以为是货车没油了，临时在这儿等着加油。于是，我们把车靠边停下，准备休息一下，到后备厢拿点东西。正当老程打开后备厢时，便见三个民警从远处匆匆跑过来。

我想让老程赶快上车往前走，但未来得及，他们已经跑到我的面前，民警明确地告诉我们："这是一个红码区，里面封控了十来个新冠病毒密接驾驶员，你们靠近这个地方，便是违规到了高风险区。"

天啊！我的头一下子大了。路边没有任何标志，我们初来乍到怎么会知道这是高风险区？在我们看来，这就是一个沿途普通的被封住的加油站，加油站本来就是可以停车的，怎么能算违规呢？

但是，这里的警察不由分说："那不行，你们要停，也要放下三脚架。"我说："原本就计划停车取三脚架。"接着，他们用强硬的语气说："对于你们的违章行为，扣 9 分，罚款 300 元。"

我当时听了，简直气不打一处来。我说："警察同志，请你们考虑一下，我们要回北京，驾驶证只剩 3 分，还有近 2000 公里的路要走。"于是，在我的再三交流和争论下，他们说，考虑到我们年纪大了就降为扣 3 分，罚 100 元。警察还说："便宜你们了。"同时，他还指着前面的货车司机说："你看，他们都是扣 9 分，罚 300 元的。"我真是无语。

看着身后封控在加油站的大货车，十几个家庭后面是一双双渴望的眼睛，在盼望亲人归来，相比这些封在里边的司机，我们已经很幸运了。于

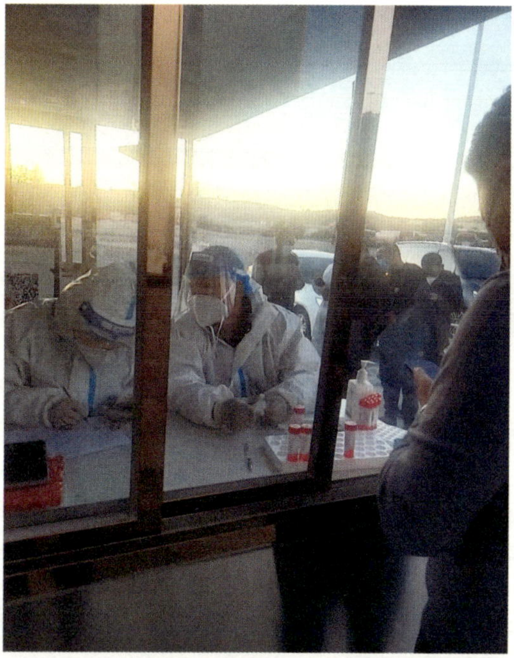

▶ 今天一大早跨越了5个省区，做了5次核酸，深夜终于抵达了石家庄

是我们继续前行，沿途都不敢下车，也没法下车。最终，选择了落脚点——石家庄。石家庄，毕竟是省会城市，不可能封城不让进吧。这期间，我们紧赶慢赶，一天中做了5次核酸，每到一个关口都要做核酸和抗原。终于，我们赶到了石家庄，依然要捅喉咙，捅鼻子，这是疫情期间各地的规定动作，当然我们也不例外。

跨越了5个省，行驶了1300多公里，在夜深人静凌晨1点多，到达了石家庄。前天，从敦煌到武威，开了800多公里；今天，从武威驾车到石家庄又是1300多公里。对我们两位70岁的人而言，体力透支是何等严重。每天长途跋涉后，次日还能精神饱满地行动，并不觉得累。

我们到达石家庄希尔顿酒店，已是次日凌晨1点多了，毕竟是大城市，能让人出入。酒店前台让我们填了一大堆资料，同时也让我们签了一大堆的免责通知，总算入住了。这趟旅程，让我们感受到各地政府对于防疫的

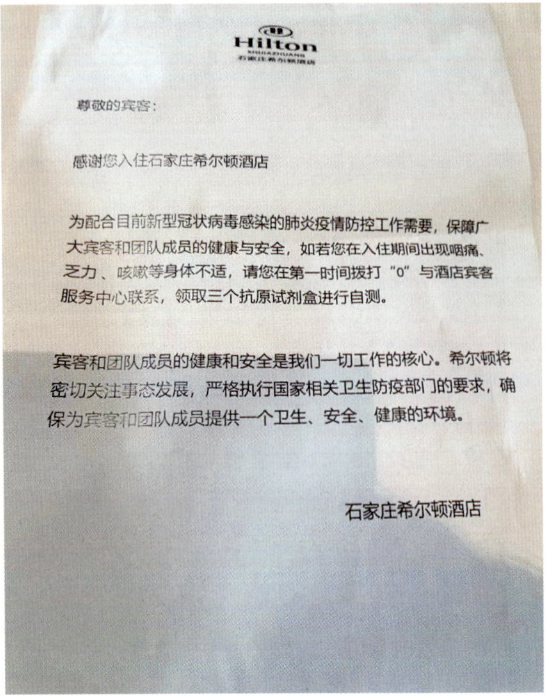

Hilton
SHIJIAZHUANG
石家庄希尔顿酒店

尊敬的宾客：

感谢您入住石家庄希尔顿酒店

为配合目前新型冠状病毒感染的肺炎疫情防控工作需要，保障广大宾客和团队成员的健康与安全，如若您在入住期间出现咽痛、乏力、咳嗽等身体不适，请您在第一时间拨打“0”与酒店宾客服务中心联系，领取三个抗原试剂盒进行自测。

宾客和团队成员的健康和安全是我们一切工作的核心。希尔顿将密切关注事态发展，严格执行国家相关卫生防疫部门的要求，确保为宾客和团队成员提供一个卫生、安全、健康的环境。

石家庄希尔顿酒店

◀ 这是石家庄希尔顿酒店的入住须知

态度是高度负责的，特别是那一群群防疫人员 24 小时特别辛苦，仅穿着那一套密不透风的防护服，想着就异常难受。这一路上，我们也感受到了我们政府强大的号召力和行动力，召之即来，来之即战，战之能胜，这就是我们国力强大的体现。

西行漫游，考验了我们的驾驶水平和体力。也让我们体会到万水千山总关情，只要心态放平都能行。晚上，我躺在床上，太累了，反而辗转反侧睡不着，能够行驶 1300 多公里，安全到达石家庄，这一切都得感谢上苍。疫情期的旅行让我们充分体会到，一路上充满了未知数，当脑海中一幕幕闪过时，我对一切都充满了感激，经历便是财富。今天早上 8 点，我们从武威按导航出发，全程高速，进入山西服务区，服务区停满大货车。透过货车车窗，我能清楚看到他们焦急的表情。司机都是青壮年，他们脸上的沧桑，给我留下难以磨灭的印象。他们在祖国交通大动脉上奔来跑去为物资流通贡献了力量，遇到隔离封控也都是努力配合，可面对红码他们就无能为力了，只能静静等候。

仔细算算，1300 公里行程，对古稀老人也算是考验了。防疫当前，我们顶着风险逆流而上，渐渐地，我进入了梦乡。梦里我又回到高速路上，还在核酸检查点，排队做核酸，扫码填表，做抗原，全是红管管和白签签在眼前晃动。

一觉醒来，早上 8 点多钟。和煦的阳光射进窗口，我们经过一夜休整之后又元气满满，在酒店早餐后，前往期待已久的正定县。

## 2. 正定县一游

清晨的石家庄阳光很温暖。站在窗前，我心情大好，毕竟找到了落脚点，准备好好地再待上几天，直到我们的北京健康宝变绿。自从到达武威做核酸后，我们的北京健康宝一直显示弹窗 3。每天凌晨四五点，我们就开始上传我们的绿码申请。同时，还不断与北京 12345 平台打电话申诉，只盼早一点弹窗解除，回到久别的家。

石家庄离正定县不远，这是习总书记曾经工作过的地方。石家庄地形很平，驱车过来，不过 40 分钟，在县城转了转，感觉一派政通人和，路上行人慢悠悠散着步。

随后，我们来到最有名的隆兴寺。正定县自古以来都是兵家必争之地，而今京广铁路、京深高速公路从正定县境内穿过。正定是北京的南大门，历史上与保定、北京并称为“北方三雄镇”，至今正定南城门还嵌有“三关雄镇”的石刻。隆兴寺，别名大佛寺，位于正定县城东门里街，寺院始建于隋开皇六年（586 年），初名龙藏寺，唐改名龙兴寺，康熙四十九年

▲ 石家庄宁静的清晨

（1710 年）赐额“隆兴寺”沿用至今。这是中国国内保存年代较早、规模较大而又保存完整的佛教寺院。寺院占地面积 82500 平方米，大小殿宇十余座，分布在南北中轴线及其两侧，高低错落，主次分明，是研究宋代佛教寺院建筑布局的重要实例。 隆兴寺气势雄伟，保存完好，在国内外享有很高的声誉，被梁思成先生誉为“京外名刹之首”。为使这座名刹保存完好，在“正太战役”前，周恩来总理曾在作战方案上批示：一定要设法保护正定隆兴寺等一批文物古迹。隆兴寺的观音，是中国最美的观音。步入店内，仔细端详，这座观音确实很美，与其他观音不同的是，把民间美女同观音巧妙地结合起来。1933 年，梁思成先生曾把这座观音拍照送给鲁迅，鲁迅视为珍宝，赞誉她为“东方美神”，一直把照片陈放在书桌上，至今仍陈列在鲁迅故居。

入门首先映入眼帘的便是天王殿，为隆兴寺第一重殿，兼作寺院山门，建于北宋初期，是一座面阔五间、进深两间、单檐歇山顶、七檩中柱式建筑。清乾隆年间大修时掺入了清代建筑风格。

庙宇内墙上的画作，是明代元成的画，异常珍贵，有颇高的艺术价值。在这里，我惊奇地看到，那时留下的到现在都还很鲜艳，真是不敢相信，

▼ 正定县隆兴寺

▼ 隆兴寺内的倒坐观音图

▲ 隆兴寺的寿槐

▼ 保存完好的隆兴寺

历经历史的沧桑，还显得如此青春。岁月一轮一轮地划过，这里却看不到年代的痕迹。可想而知，当时用料之优，施工工艺之精湛，略见一斑。

眼前这棵古槐树被称为“寿槐”，相传宋太祖赵匡胤曾在此树下驻足观看，见有瑞鹤祥云绕于树端，经久不去。这一现象，被他看作祥瑞之兆，坚定了他称帝后扩建隆兴寺的决心。

寺内绿树成荫，郁郁葱葱，一草一木总关情。清静的寺庙与人世间的纷争相比，仿佛是世外桃源，虽历经战争烽火，朝代更替，但它依然完好矗立在这里，我相信在茫茫宇宙中肯定存在着我们不知道的气场，其间也有许多我们根本不明白的循环。

下午，我们走进了河北博物院，一探这座城市的历史底蕴和发展轨迹。河北博物院是河北省唯一的省级综合博物院，是国家一级博物院。这里有许多精彩的镇院之宝，每一件都异常珍贵：金缕玉衣，铁足大铜鼎礼器，长信宫灯都是它的特色之宝。尤其是院内全方位展示的汉墓长信宫灯，被誉为“中华第一灯”。

在这些出土文物中，有些是全国唯一的展品。河北博物院除了展出很多出土文物，还有一些现代的值得一看的东西。可敬的是在疫情肆虐的日子里，博物院没有关闭，张开双臂迎接四海宾朋。河北出土的青瓷，四大名窑，以及远至元代清代的瓷器青花盖罐，另有众多的北朝壁画，有陶俑。尤其是那最长的墓画，代表着绘画艺术的最高水平。彩绘的散乐浮雕，是全国博物馆里独一无二的，充分展现了大唐文化，据说在学生语文课本中是有所描述的。最吸引我的是镇馆之宝——错金博山炉。看到这尊香炉，我就想到李白曾经写过一首诗《扬叛儿》，“博山炉中沉香火，双烟一气凌紫霞”，描写的便是此物。

▼ 坐落在石家庄市内的河北博物院

▲ 错金博山炉一般指西汉错金铜博山炉

在博物院停留了许久，了解了河北的人文环境，以及河北的文化历史。特别是北朝壁画、金缕玉衣、铁足大铜鼎礼器、长信宫灯，还有燕国的故事都给我们留下了长久的思索，仿佛穿过了好几个朝代，沉浸于此，你能深深感受到中华文化的博大精深。

步出博物院已是夜幕降临，国庆刚过没几天，石家庄还洋溢着节日浓浓的气氛，街头有人在跳舞，有人在信步游览。

▼ 石家庄的广场

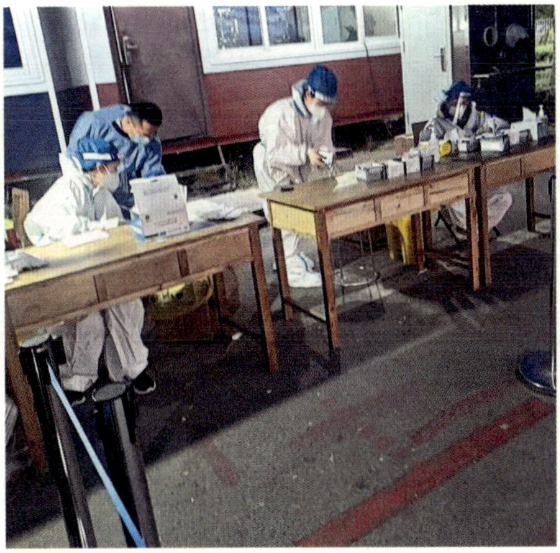

▲ 河北高速路口的核酸检测点

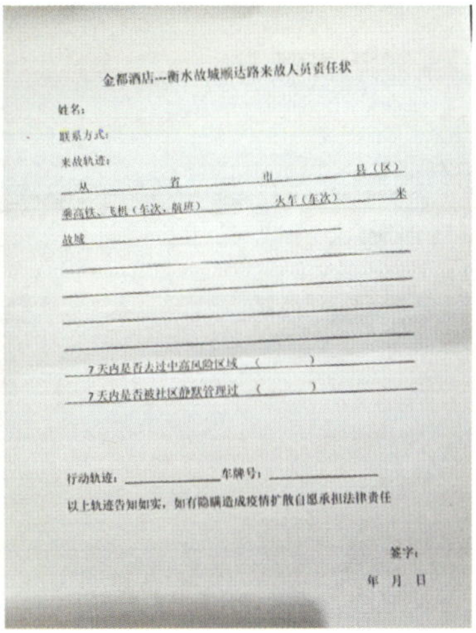

金都酒店---衡水故城顺达路来故人员责任状

姓名：

联系方式：

来故轨迹：

从　　省　　市　　县（区）

乘高铁、飞机（车次，航班）　　火车（车次）　　来

故城

7天内是否去过中高风险区域（　　）

7天内是否被社区静默管理过（　　）

行动轨迹：＿＿＿＿车牌号：＿＿＿＿

以上轨迹告知如实，如有隐瞒造成疫情扩散自愿承担法律责任

签字：

年　月　日

▲ 进入故城都必须签署责任状

## 3. 难忘故城

河北衡水的故城县，对我是一个完全陌生的地方，以前从未听说过，当然这是自己的孤陋寡闻。今天我们夫妇俩怀着激动的心情，一大早就驱车赶往故城，因为老程的飞行员战友便生活在故城。我们此行目的很明确，就是与他相会。早早地，我们便出发了，到达故城高速路口仍然是一排排的核酸检查，而且还要求我们填责任状，各地的疫情防控不一样，各有特色，都尽职尽责做好防疫工作。

故城，是河北省一个很小很边远的县城，但整体感觉是整洁大方，人们安居乐业。这里，疫情没那么严峻，检查也没那么严格。街上大多数人未戴口罩，入店也不用检查核酸码，很轻松，仿佛又回到了前两年的时光，心情也为之舒坦了很多。故城因大运河流过，由此增添了故城的历史底蕴。我们入住的京都宾馆是故城县最好的宾馆，进入大厅，接受三码检查和填写责任书。入住之后，我们便迫不及待地与老战友联系。庆幸的是，我们很快联系到了老程朝思暮想的老战友和入党介绍人老苏。往事并不如烟，

▲ 故城的运河风光

弹指便是半世纪。

古诗曰："昔别君未婚，儿女忽成行。"用在此形容老程与他的入党介绍人老苏的相会再贴切不过了。当年，老程与老苏是亲密战友，都没有恋爱对象，因为空军航校有严格规定，在校飞行学员严禁谈恋爱。再次相会时，两位战友已是两鬓斑白，步履蹒跚，且儿孙满堂了。

此情此景已经跨越了半个世纪，真是千头万绪，千言万语，难以言表。

曾记否，1971 年，在空军八航校预科大队，在党旗下，当年的小苏介绍小程加入了中国共产党。几十年过去了，一直未曾联络上，而今终于在故城相见了。原本听说老苏已是半身不遂，不能独立料理生活，老程非

▼ 漫步于大运河畔

常担心，一直挂在嘴上。没想到，今天还未到老苏家，远远地，老苏便已下楼快步走来迎接我们。虽然走的是小碎步，不是太方便，但能独自行走，实在是令人万分欣慰，两人拥抱在一起，激动的泪水噙满了眼眶，此时无声胜有声，紧紧相拥，两颗心紧紧地贴在一起，便是最大的福报。

▲ 50 年后，老战友，喜相逢

许久许久，方直呼：“太好了，太好了。你能够行走，我真的好开心。”

而后，他俩牵着手，上到二楼老苏家，坐下激动地促膝长谈。忆往昔峥嵘岁月稠，那是在新疆哈密航校学习工作时两人在一块儿朝夕相处。他俩共同走进教室，聆听教员讲授航空理论；每天，在操场打篮球或是练器械，旋梯滚轮、单杠、双杠、吊环等等。预科大队理论学习毕业后，又共同到初教团学习螺旋桨飞机驾驶技术；初教团毕业后，又共同走进高教团，学习喷气式歼击机飞行驾驶术。他俩互帮互助，携手共进，形影不离好几年。1976 年，俩人各自东西。这一别，就快 50 年了，有太多说不完道不尽的人生故事。

老苏有个幸福的家庭，他有两个女儿，4 个外孙。老苏转业后到邮局工作，他夫人身体很健康，夫妇俩的感情很好。其中一个女儿在北京，而另一个女儿就留在了故城。两个老战友在一起有说不完的往事，叙不完的话题。彼此都开心极了，笑容从未离开他们的脸庞。

老苏说，他每天一包烟，两顿酒。每顿一大碗饭，并吃许多菜。上午

▲ 弥足珍贵的战友情

和下午他还能骑着电动三轮满城跑，中午午休一个小时，晚上 10 点半一觉睡到第二天早上 5 点半，生活非常规律。

老程很惊讶地问：“你每天还能骑车啊？”

老苏很轻松地说：“是啊，我每天骑车满大街跑。”

听说我们下午要去大运河转一转，他坚持陪我们一同前往，我们再三推辞，生怕累着他，但浓浓战友情让他坚持要陪着我们。他还很兴奋地给我们介绍故城县城的改造，河道的治理，明清街道的修建。说到这一切，他明显的自豪感溢于言表。

下午我们开着车，一起来到大运河边，看着流淌的运河水，我们非常感慨，河道经过治理，河水很清澈，河边上的游人轻松地信步而过，河边有人在垂钓，有的在写生，也有带着小朋友嬉戏的。以往，我只是通过书本了解大运河，今天，真真切切地站在运河边，手捧一把运河水，感觉非常凉爽。运河四周绿树成排，河面不宽，但清澈见底。大运河南起浙江杭州，北至北京通县北关，全长1794公里，贯通六省市，流经钱塘江、长江、淮河、黄河、海河五大水系。其开凿经过三个历史阶段：公元前486年，吴王夫差首次在扬州开挖邗沟，沟通了长江和淮河，7世纪的隋炀帝时期和13世纪的元代，又先后两次大规模地开凿运河，终于建成了这条沟通我国南北漕运的大动脉。京杭大运河的开凿成功，是中国水运史及运河史上的一大创举，具有极其重要的意义。明清两代，由于京杭大运河形成的漕运，使王朝的统治得以巩固，南北经济文化交流得到快速发展，运河也灌溉了流经地区周围的田土，横跨了几个省，运河是值得大书特书的水利工程。河边，两位战友并肩漫步，微风拂面，往事涌上心头，无所不谈。

游览大运河后，我们驱车到大运河博物馆。没想到小小的县城有这么一个文化宝地。故城大运河博物馆地处故城西北新城刑德路东侧，博物馆占地面积14.87亩，2021年5月被共青团衡水市委评为衡水市青少年教育基地，2021年9月被定为故城县“青年中心”。

▶ 凝聚人文精华的故城大运河博物馆

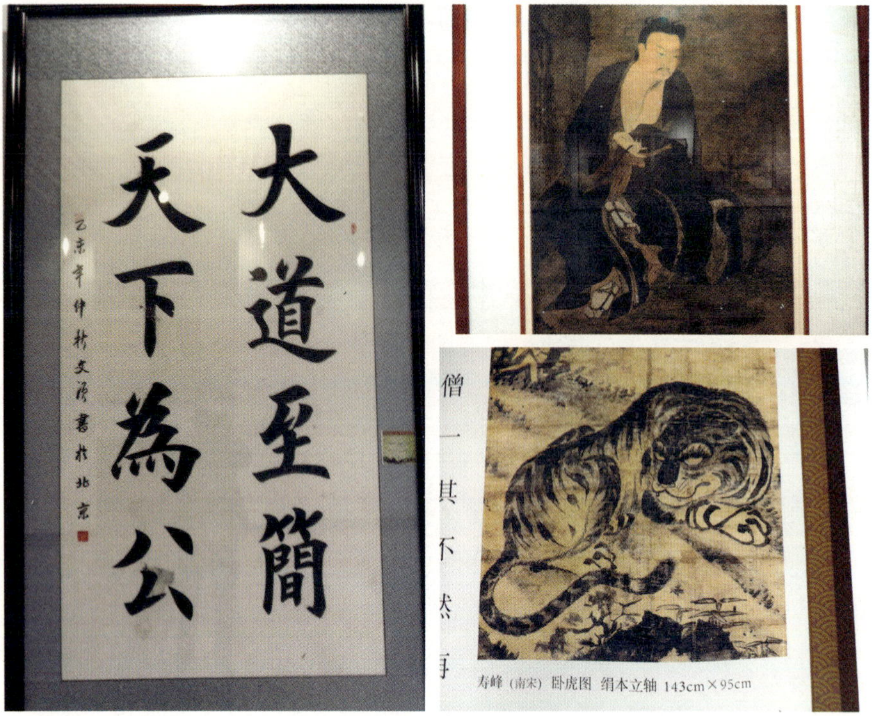


▲ 博物馆内藏品

故城大运河博物馆是一个全方位、多角度反映和展现运河自然特性、人文精华等各个方面的大型综合博物馆。展陈面积高达 9000 多平方米，以历代绘画与书法为主，体现千百年来运河两岸艺术造诣、历史积淀、文化传承、风物遗存的专题展厅 27 个，共展陈历代运河两岸书画名家艺术精品 1377 件、展现运河历史文化的其他珍贵文物及史料 200 余件。馆内的各展实物、图片、模型、多媒体等形式，再现了大运河沿岸丰富的自然景观和人文历史风貌。

我们还特地参观了故城的万亩花海。建筑物的设计由大运河的相关题材组成，园内清新闲适，令人赏心悦目。由于是秋季，非百花齐放的盛季，但还是有许多不知名的鲜花盛开，我们在这里嗅到了泥土的味道，鲜花的芬芳，在此逗留了许久才离开。

晚上，我们彼此还舍不得分开，两家人又聚在一起共进晚餐。老苏很激动地说：“我们碰上了好时代。想当初我们当飞行员时，真的很苦很累，当时年轻，没什么感觉。现在，我们享受到了好时光，要健康快乐地生活。”同时，他对身边的老程说：“你们俩不要忙着走，在故城多住几天。”

老程动情地说：“老苏，我得赶回去了。见到你健康，我就心满意足了。虽然我们哥俩有聊不完的话，但我们要急着回家。”

老程聊到这里，还深情地说：“我想回去抱我的小孙女，她才 5 个月，我们夫妇俩出来都已经有两个多月了，想她了。”

▼ 万亩花海

▲ 故城的城市风光

虽然老苏再三挽留，希望我们多住一些日子，但我俩依然决定明天离开，往北京靠近。老程说：“故城到北京也快，随时你到北京看女儿时，一定到我们家来，我陪你喝酒，吃饭，我们再好好聊聊。”

说到这里，老苏有些伤感地说：“我的身体状况时好时坏，到北京很难，我只能在故城静养身体。没事时，你多过来陪陪我。”老程连声说好。

饭后我们又坐在一起聊了许久。他们谈到了同班的许多战友，一个个在他们的生命中都是如此鲜活，战友情已经深深植入他们的心灵深处。许久之后，老程对老苏说：“你早些回去休息，不要打乱你的作息时间。我们明天一早就离开故城，到时候就不和你们道别了。”接着，老程感动地对老苏夫人说：“多亏大嫂几十年对老苏的悉心照顾。有你这样一位好嫂子，老苏好福气。”说着两位老战友又手拉手地说了许多互道珍重的话，那种深深的情意，沁入骨髓的关爱，是一般人做不到的。几十年的血浓于水，年轻时候就融在一起，虽说几十年的岁月已经飘走，但如磐石般坚实的是浓浓的战友情。送老苏夫妇俩到大门口，老苏骑着他的小三轮，夫人坐在后面抱着他的腰，他开车搭着夫人一起回家。我们开玩笑说：“你的宝马车真好，又轻便又省油。”

他笑着说：“是啊，有它在故城代步足够了。”说着他步履蹒跚地坐到了车位上，他回过头来凝望着我们，嘴里还絮絮叨叨地说着什么。老程

▶ 美丽的故城

▲ 年轻时候的老苏

再三催促他："走吧走吧，老苏回去早些休息。"他才恋恋不舍地低下头，发动了摩托车。临别之际，他又一次回头，想说些什么，看得出他是多么恋恋不舍啊。

摩托往前开了没几步，他停下摩托往后望着我们，颤巍巍的声音在晚风中飘过来，他在尽力大声地说："智明，明天路上开车慢点，不要太急了，注意安全。"一番叮咛之后，老程强忍着眼眶的泪水，大声回应："我知道了，你快走吧，老苏！"于是，两位老战友在夜色茫茫之中分别了。

目送他们远去，再也看不到了，我俩在故城的晚风中还站了很久，老程一直都没有说话，他可能还沉浸在刚才的情感之中，亦是难以回神。这种深厚的战友情长存于他内心深处，我陪着他无言地站立在晚风中。

今夜那么宁静，这是在故城的最后一晚，何日君再来？恐怕很难有机会吧。明天，我们将启程到离京最近的涿州，等待弹窗3解码后即刻回京归家。

## 4. 古城涿州

涿州，虽就在北京附近，但还是很难有机会来。好多年前到过涿州，那时候古建筑群原汁原味，涿州人淳淳乡土人情令我印象深刻。现在的涿州完全不是原来那样，浓浓的商业味，嘈杂的人声，没有了往日的本色。到涿州，最令我们难忘的是找不到入住的地方，涿州的宾馆疫情防控非常严，需要你出示 10 天的行程码，甚至还需要每人申报曾居住过的哪一条街道，哪一个酒店，哪一个房间号，哪怕我们只是单纯路过高风险区都不行。他们的解释是，经过高风险区域吹过的风也要注意，不知道这风里是不是带有病毒。按照上级规定，外来的人是不能入住的。我们硬着头皮闯了好几家，都被灰溜溜地拒绝了。

我们来到涿州大街，看到涿州竟然有一家接一家的茶馆，与成都的茶馆有些共同点。坐在那里喝茶，还有人进来掏耳朵，有时也会停下来问你

▼ 鼓楼大街是涿州古城的中轴

▲ 在防疫的特殊期间，连路边的雕塑都戴上了口罩

▲ 涿州博物馆——一部生动鲜活的“涿州通史”

点什么小吃，常见的小吃是煮花生还有毛豆。茶馆里，你可以慢慢地歇气，放松身体，想着下一步去哪里。茶馆的老板也很开放，哪怕有人进来推销生意也无所谓，反正来者都是客。也许这些推销生意的人会坐下来，掏上两块铜板，买上一壶茶，这也许就是共享经济吧。我们夫妇俩坐在涿州的茶馆里，观察周围的一切，寻找着当年的印记。在茶馆里，我们买了小吃，算是中餐吧。送餐过来的是隔壁饺子店的小伙子，他们应该是业务互通，饺子店有人要喝茶，这边也会送一份过去，互惠互助很通达。茶馆居然在涿州有市场。虽说是新冠病毒盛行期间，一到茶馆，大家都摘下口罩，大口大口地喝着茶，七长八短地谈笑风生，抽烟打趣。甚至还有擦皮鞋的人进入茶馆，花两块钱，就帮你把皮鞋擦得锃亮。看着眼前的一切，我慢慢忘却了找不到入住宾馆的烦恼。我对老程说："不要紧，实在找不到，今晚我们就在车上睡吧，又不是没有住过。"

下午，我们专程到了涿州博物馆。我们习惯于每到一个地方，都会去当地博物馆或是菜市场参观。涿州是因水得名，以土称沃，幽燕重镇，西依太行之险。京师锁钥，东扼平川形胜。回溯 6000 年以前，远古先民点燃文明之火，由此薪火相传，绵延不绝。自春秋战国燕之涿邑，至明清时期畿南首郡，物华天宝，山河竞秀，虎踞龙盘，名人辈出。马可·波罗称涿州为"大而美丽之城"，乾隆皇帝赞涿州"日边冲要无双地，天下繁难第一州"。

历史的脚步行至近现代，涿州人民抵外辱、驱敌寇，不屈不挠，浴血奋战。新中国诞生后，继而辛勤耕耘，建设美好家园，续写新的篇章。

涿州的博物馆里还有许多陶器，年代各不相同。古陶

▲ 涿州博物馆的展品，拂去了蒙在历史表面的尘埃

器是历史环境以及历史阶段的典型标志。在考古学领域，对于文献阙略的历史时期，科学发掘的陶器遗存，是十分重要的研究依据，尤其是文化史的探讨，很多问题必须由陶器入手。通过观察一件件的陶器，我们似乎又回到了烽烟连天的古代，那是一种怎样的文化，怎样的历史面貌。

我们特地来到涿州的永济桥，漫走在桥上，遥想当年，何等地繁华，流传至今，仍然显露出它的雍容华贵。永济桥，位于涿州城北的北拒马河上，始建于明万历二年（1574 年），清乾隆二十五年（1760 年）重建，清帝乾隆赐名“永济桥”。永济桥自清代重建后，皇帝南巡、官吏进京、商贾往来、百姓出行等皆经于此。清帝乾隆在为该桥题联中曰：“十八省通衢冠盖如云斗大一州供亿苦。”该桥规模宏大，形态优美，长如玉带，卧如彩虹。前人诗词《咏大石桥》曰：“滔滔流水贯西东，百尺长桥架彩虹。”故涿州八景中有“拒马长虹”之美誉。

永济桥在 2004 年，经文物部门对该桥的探查，探明该桥由三部分组成，即主桥、涵洞、南北引桥，全长 627.65 米，涵洞达 52 孔。2006 年，国务院公布永济桥为第六批全国重点文物保护单位。古建筑专家罗哲文先生誉此桥为“中国第一长石拱桥”。

这一路走来，天色已经很晚了，我们还没有落脚之处，匆匆在附近小饭店吃了一点便餐，也不知道涿州的美食特色是什么，没有住处，便也没有心思去觅美食，而是要抓紧寻找今晚的住宿。于是，我们开始硬着头皮又闯了一家、两家、三家，都遭拒。一晃，到了 10 点，我们尚未找到落脚点。虽说我们内心有些沮丧，已准备今晚在车上住，但还是相互打气。夜幕越来越深，10 点多钟了，还没有旅店收容我们。这时，我们路过一个小巷，看到小巷深处有一家小旅店若明若暗地亮着灯，硬着头皮闯过去。还好，这家小店的主人没有那么难说话，也许是已经很晚了，她没有认真琢磨我们的行程码和健康码，只是匆匆地看了一下健康码，并不像其他酒

▼ 永济桥有“拒马长虹”之美誉

店那样严格盘查我们10天的行程，看是老人，便同意我们入住。我心里窃喜，如果她要问我们一路走来的5个省是否经过高风险区域，那我们肯定又会被拒。这下，能够入住就是万幸了。旅店费用合理，150元，完全没讲价，赶紧办理入住手续，终于有了可以睡觉的地方，这种欣喜感是常人领会不到的。人便是这样，有了困境才懂顺境，有了苦才懂得甜，有了难才珍惜易。旅店倒还干净，整洁的卧具，清爽的地板，稍事洗漱，又快11点了，于是我们倒头便睡，瞬间便进入香甜的梦乡。

CHAPTER 6

# 回京归家

涿州距离北京很近很近。可是因为我们的弹窗3没有解除，所以在涿州又多待了两天。涿州，这是一座兼具古代文明和现代文明的重镇。如果不是盼望尽快归京，我们很想多待几天。我们此次西行，原本是想进入新疆，以新疆为终极目的地。但是疫情的发展决定了我们无法圆梦，只能深一脚浅一脚地向前走。在涿州的最后一个晚上，夜是那么长，思绪是那么乱。一路上需要归纳总结的很多，我只能感性地说一句，难得的疫情壮行！快乐和自在方为人生真谛。在我的行李箱里保留了此行留下的疫情卡片，让我记住这个时代真的很丰富，也让我们感恩那些为了疫情而默默奉献的防疫人员。没有他们的付出，我们怎么能抵挡得住肆虐的疫情，我们能前行，正因为有了大批默默无闻的防疫人员的保护，我们才能够自由地呼吸。这一路上充满了感慨，也满怀感恩。回到北京，近在咫尺，这一路上，我常在梦中呼唤何日归家洗客袍。

我们2022年8月10日离开北京，今天10月16日，正好离家66天。今天，是一个重要的日子——中国共产党二十大开幕，我们将回到北京，结束疫情期间的壮行。

当天凌晨5点多钟，老程突然兴奋地大叫起来："绿了，绿了，我的北京健康码变绿了，弹窗3解除了。"

这让我们兴奋不已，这是我们期盼已久的解除弹窗。两个多月，被隔离在外，今天，终于可以"趾高气扬"地返家了。我们看了一下导航，从住的宾馆回到我们家只需要50分钟。那份欣喜若狂，简直无异于像状元及第，也仿佛是抽到了头奖，其体验实在弥足珍贵。家里的亲人翘首以待，我们也时刻挂牵着家里的亲人。

此次我们西行漫游 66 天，经历了种种严格的防疫封控，也历经了前所未有的隔离和静默，现在终于可以回家了

兴奋之余，我打开自己的手机一看。呀，头顶上好像是浇下一盆凉水。我们夫妇俩是分分钟在一起的，同吃同住，但我的码还是标明弹窗 3，仍然没有恢复绿码，我不免唏嘘懊恼。老程拿着我的手机看了又看，没有回过神，仿佛泄了气的气球："这是怎么回事啊？"

我沉思了一会儿对老程说："你走吧，你先回去，我在这儿等待。"

但是，老程坚决而又痛苦地说："不，要么我陪着你，要么我们一起闯。"

我说："开玩笑，哪里敢闯！这是违反防疫政策的，我们还是要按照规定办事。"但是老程坚定地说："这不是我们的错，我俩一直待在一起，怎么会我的弹窗 3 解除了，你的还未解除。"虽然我们也有足够的理由说明情况，但是防疫人员会听我们的吗？我们经过了这一路的疫情防控，实在没有这份信心。我坚持让老程先走，我在这里等待弹窗解除。老程看着我，他很不放心，仍然坚持一起走。

抱着希望给北京防疫部门打电话申诉解释，不一会儿，我的弹窗终于解除，健康宝变绿了。我百感交集，又哭又笑，像是经历了一场"悲喜剧"。我们归家心切，次日清晨 5 点多钟我们收拾完毕，把宾馆的床整理好，把行李提前放在车上，出发了！

一路上的盘查，从涿州到北京要经过三个关卡的严格检查，而且还要填好多表格。此外，北京住地的居委会电话联系核实，方能进京。路上几乎没有车，我们的车开得很快。

这一路耗时 3 个多小时，我们终于踏上了五环的高速路。老程对着空旷的道路，放声大叫："回家了，回家了！"远远地，我看到大兴新城收费站，那种狂喜，实在是难以言表。我仿佛远远地就看到了家。2022 年 10 月 16 日，是个划时代的日子，中国共产党二十大胜利召开了。这一天，我们终于回到了家。在疫情肆虐的两个多月，我们能够平安出去，健康归来，实在太幸运了。

▲ 大兴新城站宣告我们结束了两个多月的西行漫游

我们两位七旬老人，满载着亲人的祝福，满载着儿女对我们无尽的挂牵，终于回到了家。我们的车驶过天安门广场，我动情地把头探出车窗外，街上的人不多，车不多，但是气氛很浓烈，喜庆洋溢在大街小巷，这是举国欢庆的日子啊。我们出门 66 天，变换了一种思维方式，懂得用大爱去看待周遭的一切，珍惜现有的环境，用宽容的心态去对待身边的事物。此行不易，此行值得，以往的恩恩怨怨，是是非非，在生死面前都不重要，最珍贵的是自由和健康。但愿疫情早日结束，人们回到原来那种自由自在、健健康康的生活中。

据说今年最流行的句子是优雅，可是非常窘迫的 2022 年怎么跟优雅也扯不上边，每天都是红管管、白签签。经历过这次西北壮行，我坚定地认为，优雅不只是花前月下，而是不受外在种种困苦影响的从容心态，是置身于困境里仍然热爱生活。

我们的西行漫游暂时结束了，留下了一串省略号，但是我们还要进新疆，将壮行的优雅继续下去，千里之驹不洗尘埃，准备 2023 年再续前缘，重新出发。

2023 将是一个什么样的年头，不知道，也无法预测。我们 2022 年经历了如此多的事，仍坚持向前，不屈不挠，我愿意把这种精神、这份优雅传承下去，让我们的子孙后代秉承下去，无论在任何境况下，都要书写精彩的岁月！

# 后记

在北京10天，10月26日，我又再度启程前往深圳，然后上海、杭州、绍兴、苏州、贵阳。这一路上仍然是疫情封控，但比起西北的封控量级差得太远，至少我能加上油，能够投宿，能够有口热饭吃，遥想西北那一排排的停靠在路边的大货车，而今这些兄弟怎么样了，不得而知。

我相信生活不会永远这样。人们追求蓝天，追求自由的心是永存的。在结束壮行时，我深深地感到在不完美的行程中，我们找到最完美的那份感受，即不畏艰险，迎难而上，最终我们跑赢了岁月，战胜了疫情！如今我仍然在路上，与我们西北壮行相比，我感觉超越了很多，追求美的脚步永不停歇，我为我自己加油！

此行西北，值！我们永远在路上……